黒い雪が降った時

小石川 心

東京図書出版

はじめに

中年な男。恋愛が苦手な男。しかし仕事は出来る男。そんな男が二回りも離れた女に恋をする。

金と欲と愛と未練に〝恨み〟が絡み合うから難しい。

探偵が依頼人の女と探っていくと様々な事件が起こります。

犯人は誰なのか？　事件はどう展開されるのか？

ストーリーの結末は著者でさえわかりませんでした。

読者様は誰がどうなるのか。ドラマを推理しながらお読みください。

必ず皆様の予想を外してみせます。

五ページ読んだら、もう五ページが読みたくなる。

皆様にとってそんな一冊でありますように。

著者謹白

黒い雪が降った時 ✣ 目次

第一章　無心（ワナ）

「あらっ、夕立がくるのかしら？」

黒い雲が店の空に被さり、突然、辺り一面を暗くした。外で力の限り合唱していた蝉が慌てて身を隠す。すると、大粒の雨が店先を叩き始めた。

「すみませーん。この店はもうやってますか？」

見た事もない男がずぶ濡れになり、入口から黒い顔で覗き込んだ。真夏の太陽がまだ沈みきらない夕暮れの事、怪しい男がビールを求めてやって来たのである。トーンの低い声で女の背中を襲った。

「いっ、いらっしゃいませ。開店までもう少しなのですが……お客様はお一人ですか？　もしよろしければカウンター席でお待ちいただけますか？」

「ありがとう、ママさん。なっ、生ビールを一杯もらってもいいですか？」

「はっ、はい。畏まりました。では、生ビールを飲みながら暫くお待ちください。わたしはもう少し開店準備を続けさせてもらいますね。お通し作りとか」

「は～い、気長に待ってま～す」

この店を切り盛りする女が店を始めてから半年が経った蒸し暑い夜の出来事だ。

髪の長い細身な女は三〇代半ば。ややかすれた声がハスキーに艶気を放つ。まだ店経験の少ない女の素人っぽさが店の魅力を引き上げていた。小振りながらアットホームな店には、夜な夜な気の良い仲間たちが笑顔で集う。五人ほどが並んで座れるカウンター席を挟み、女が内側に立つと他愛もない話に花が咲いた。カウンター席の背中側には、四人掛けのボックス席が二つ並ぶが、満員の時にだけ客席となる。普段は女や客たちが自分たちの荷物を思い思いに置くスペース。そんな気楽な店だ。

「ママさん、ビール、ビールおかわり〜」

男が首をくねくねと傾げながら、忙しい女を茶化すように声をかけてきた。

「は〜い、ちょっと待っててください。只今、お伺いします」

「は〜い、わかりましたよ。は〜い、は〜い」

奇妙な声を繰り返す男の顔は黒くて怪しい。歳は四〇前後か。目が窪み、頬は痩けていた。

一分も経たないうちに男が再び叫んだ。

「おぃ、ビールビールって言ってんだろ。ビールビール。ブツブツブツ」

男はずっと独り言。一メートル先の空気に向かって言葉をぶつける。

……「変なお客が来ちゃったわ。ブツブツブツ」……

今度は女が独り言。音無しの厨房に女の瞳が細かく揺れる。支度を急いだ女が少しの開店準備を残したままカウンターの内側に立った。ひきつった顔を笑顔に繕う。

「はい、お待たせしました」

「おう、女、お前だいぶ、待たせたな」

……もう、かなり酔っているの？……

……それとも変な病気なの？……

……まっ、まさか、くっ、クスリかしら？……

女が頭の中とは違う言葉で男と接した。

「はい、これ今日のお通しです。今作りましたよ。召し上がってくださいね」

「へぇ〜、そうなんですか。へぇ〜、ねぇちゃん。ママ。オメーも一杯飲めよ」

「ありがとうございます。では、わたしも同じもの、生ビールを頂きますね」

「は〜い、は〜い」

やたらテンションの高い男は、首を傾げながらキョロキョロと店内を見渡す。たまに外にも目を投げる。だんだん外を眺める頻度が高くなる。五分おきが三分おきになり、しまいには一分おきになってきた。外の夕立はピタリと止まり、蒸し暑さが吹き返す。こんな早い時間から店にやってくる客は滅多にいない。男との二人きりの時間が女の心に重くのしかかった。男とは視線を合わさず観察する。

……この人、どうしたんだろう？……

……誰かを待っているのかな？……

……それとも、誰かに追われているのかも？……

次のビールを追加してきた時、店の外に黒塗りの高級車が横付けしてきた。男はそれを見るなり車の後部座席に走り急いだ。カウンターには男の僅かな荷物が置かれている。スモークが色濃く、車内の様子は決して見えてこない。女が差し出した生ビールの泡が次々と弾け、気の抜けた苦いジュースに変わる。それでも男は戻らない。気にしても仕方がない。女は見て見ぬ振りをして、残してあった開店準備を進めた。

男への仕事を終えた黒い高級車は、強い音でドアが閉められ、猛スピードで走り去った。たぶん踏切方向であろう。線路沿いにテールランプが遠ざかっていくのを女は厨房の窓から見ていた。

女がカウンターに戻ると男はスーパーな笑顔になり、機嫌よく座っていた。深い眠りから目覚めたかのようにパッチリと目を見開き、まろやかな呂律で女に話した。

「ママさん、今日は早い時間からすみませんですね。もう一杯飲んでください」

戻ってきた男のテンションが少し落ち着いたようだ。別人なほど、円《まろ》やかに話す。

「ありがとうございます。でも、こんなに早い時間から飲んで、わたし、大丈夫なのかな？お店の閉店時間までもつのかしら」

「面白れ～。もたなかったら、ママさん、俺が朝まで面倒をみるぜ。バキュン、バキュン」

男のテンションがまたも高くなり、首をくねくねと傾げて視線をぶつけてきた。女は動ぜず、男に言葉を返す。

「お客様はお近くからお越しですか？」

「俺？　俺は遠いよ。近くて遠い所から来たんだよ」

「えっ、遠い所って？　どちらかしら？」

男が黒い笑顔で続ける。

「聞きたいか。高い塀の向こう側だよ」


奇妙な男が来店してから一時間した頃、次の男が店に入って来た。この男もこの店には初めての客だ。やはりカウンター席に進み浅く腰をかけた。奇妙な男とは一つ席を空けて。

「いらっしゃいませ。お客様、お飲み物はどうされますか？」

「はい、生ビールを一杯。それとグラスにお水をください」

「畏まりました」

この男はビールにはほとんど口を付けない。グラスの水を口に含んでは、ゆっくりと流し込む。暫くの間、会話が止まった。誰もが口を開かない。話題が見つからず、空気が冷たく固まった。少しうつむく女に奇妙な男が言葉を切り出した。

「ママさん、ご出身はどちらですか？」

「はい、わたしは福ィ、ィや福岡県です」

女は怪しい男に本当の事を言わず、出身地をぼやかした。

「ほう、福岡ね。笹峯組のシマだな」

「笹峯組？　シマ？」

「いや、俺の独り言です。気にしないでください」

横で会話を聞いていても、あとから来た男は全く動かない。ただただ口に水を含むだけ。そこにまた新たな客がやって来た。若い男四人に、もう少し年上の女二人。とても不思議なグループである。慌ててボックス席を片付ける女を、客の女二人が手伝った。

「あっ、すみません。ありがとうございます」

客の女は二人とも無言で頷いた。

「お客様、お飲み物はどうされますか？」

「はい、少し考えさせてください。決まったら声をかけますね」

若い男の一人が女に答えた。

「はい、よろしくお願いします」

外は既に真っ暗な夏の夜。その暗闇から車のライトが女の瞳に飛び込んできた。どうやら二台。少し大きめのボックスカーとセダン車か。そこに若いムスメが帰って来た。大きなバッグを肩にかけ、入口の内側で笑顔を見せる。

「ママ、ただいま」

「あらっ、お帰りなさい。合宿、大変だったわね。お疲れさま。夕立は大丈夫だったの？」

「うん、ありがとう。大丈夫だよ。ちょ～疲れた～。今ね、大宮駅で乗り換える時、背の高いお兄さんがあたしの荷物を担いでくれたんだよ。すっごく優しくて、カッコ良かったな～。将来、あーいう人のお嫁さんになりたいな。あっ、ママ、駐車場に車が二台あったよ。お客様かも」

女の中学二年のムスメがテニス部の合宿から帰って来たのである。

「おう、いい女にいいムスメじゃんか」

一同、静かに無言。無言、無音に反発した奇妙な男が会計を申し出た。

「つまらねー店だな。女っ、幾らだ。俺は帰る」

その時を待っていたかのように、カウンター席のもう一人の男が立ち上がった。

「やっヤモトだな」

「あ〜ヤモトだよ。何だ。お前、誰だ」

「警察だ。覚醒剤取締法違反で札（逮捕状）が出てるぞ」

胸から白い紙を取り出し、奇妙な男に突きつけた。同時にボックス席の六人が立ち上がり、入口を塞いだ。駐車場の二台の車は、いつの間にか赤いライトを回転させている。女はびっくりしてその場にしゃがみ込んでいたムスメの手を引き、カウンターの内側に隠し、小さく丸めさせた。

入口に立った六人の内の二人の男が、奇妙な男の両腕をガッチリと抱え込んだ。札を出した男が金属製のロープで男の両手の自由を奪った。

……ウソでしょ。何でわたしの店で？……

大きめのボックスカーに乗せられる前に奇妙な男は女に向かって言葉を投げつけた。

「ママさん、また来るから、待っとけよ。俺を忘れるなよ」

店には女性の警察官が二人残り、この日来店した奇妙な男の様子を細かく聞き出した。

埼玉県蓮田市。駅に近い小さな店での真夏の出来事だ。

中学校二年生のムスメの名前は、理恵。

また、同じ埼玉県の越谷駅前ではこの時、髪を赤く染めた少女が万引きで補導されていた。

この少女は将来、源氏名を彩乃と名乗る。万引き事件を担当した刑事はその後、探偵事務所を開いた。それから暫くの歳月が流れた。

☆　☆　☆

灼熱の太陽が今は過去の思い出。暑すぎる真夏のあの日あの頃。今はあの太陽が愛おしい。いつあの日に戻れるのか？　それとも、もう戻れないのか？

西の空から黒い雲がにわかに近づく。理恵の運命は、この雲に乗った刺客によって全てが変えられてしまう。そんな半年間が始まる。


男は仕事場である探偵事務所でパソコンと向かい合い、前日に到着していた受信メールへの対応に脳ミソをかき混ぜていた。薄暗い部屋には、穏やかな秋の陽が優しく差し込んでいる。

返信に困った時、少し首を持ち上げ、斜め上に目を泳がせる。あたかも解答が天井に書いてあるかのように。悩む時にしばしばする癖だ。ゆっくりと煙草に火を点けては、灰皿に吸殻を重ねた。窓から忍び込む柔らかな光が煙を立体的に演出する。

そこに静粛を遮る一つのＬＩＮＥ音が壁にぶつかってきた。その音は壁から天井に伝わり、耳に強く跳ね返る。何かいつものＬＩＮＥ音とは違う響き方に、物語の始まりを感じた。

……ＬＩＮＥ……「今日、少し時間がとれますか？　相談したい事があるので」……

事務所からほど近くにあるカウンターバー。その店の経営者、マミーからのＬＩＮＥであった。ＬＩＮＥで返さず直ぐさま電話を鳴らした。

「マミー、おはよう。どうしたんだ？」

五つほどのコールを待つとマミーがいつもより僅かに低いテンションで電話を受け取った。

「忙しいところごめんね。実はね、理恵の旦那にお金を貸しててね、全く戻ってこないのよ」

勢いよく本題へ展開させたマミーに、強い焦りを感じざるを得なかった。理恵とはマミーの一人娘である。

「いつ貸したんだ？　幾ら貸したんだ？」

とりあえず二つの質問を投げかけた。

「四月だよ。今年の四月に五〇〇万」

「五〇〇万？　おいおい、ちょっとした相談じゃない金額だな」

「そうなのよ。本当に困っているのよ」

「わかった。細かい説明を聞くよ。そうしないとアドバイスも出来ないよな」

「だよね。でも、わたしだけじゃないのよ貸したのは。あの娘も貸してて……」

想定以上の内容に探偵の言葉が波を打った。

「えっ、どういう事なんだ？」

「理恵も今ここにいるのよ。理恵からも相談したい事があるの。聞いてあげてくれないかな。電話を理恵に変わってもいい？」

「オッケイだよ。じゃー理恵ちゃんに変わって」

「もしもしご無沙汰しています、理恵です。う〜ん、何から話したらいいのかなぁ。たくさんあって」

「理恵ちゃん、久し振りだな。元気か？」

一旦遮ってみたが、理恵も勢いよく、ほぼ一方的に話を展開させた。

「元気じゃないですよ。全く元気なんかないですよ。実はあたしも浩司に二五〇万円を貸してて、それで更に、最近オンナが出来たっぽいんですよ。家にも帰って来ないし、顔を合わせようともしないし、もうあたし、何もかも疲れちゃったんです」

浩司とは理恵の夫。マミーからすると義理の息子にあたる。

「それは穏やかな話ではないなっ。わかったよ、理恵ちゃん。俺は今から都内で調査打ち合わせがあるんだ。遅い時間になるが今晩マミーの店に寄るよ。その時にマミーに詳しく聞いてみるね」

「忙しいところすみません」

いつの間にか太陽が分厚い雲に隠れ、陽にパワーが感じられない。

理恵はマミーに戻す事なく、電話を終わらせた。

☆

頭の中の酸素を使いきり、脳ミソの元気充電が必要な頃、最終の埼京線にぎりぎりで間に合った。都内での調査を終え、大宮駅で宇都宮線に乗り換える。

電車を待っていると、脳裏にマミーと理恵の顔が浮かんできた。仕事柄直ぐに何かを推測する。憶測にも似た感性で、たくさんの裏があるのではと探る。まだ聞いていない何かの存在を脳が感じ始めていた。

零時を過ぎてもホームにはたくさんの姿が並んでいる。夏の名残なのか日焼けの残った浅黒い顔、酒のせいなのか頬を赤らめた顔、また深夜までの残業のせいなのか疲労感たっぷりの顔。皆、足早に歩いてはドア位置前で足を止める。そこに電車が滑り込んできた。たくさんのスマホ族を乗せて。たくさんの年齢層を積み込んで。電車に乗るとほとんど例外なくスマホを握っていた。

蓮田駅からの歩く五分間を、天《そら》に目を置く時間に使った。暗い夜空にたくさんの星が微かな明るさを施している。流れ星が一つ、背中を追い越して行った。あの星から見たら全てが見えるのだろう。壁を飛び越えて。壁の向こう側も。

店の看板は既に灯りの時間を終えていた。到着に気が付いたマミーはカウンターに立ててい
た両肘を浮かせ、振り返りながら吸いかけの煙草を置いた。

「お疲れ様。ありがとう。忙しいのにごめんね。何か一杯つくろうか？」

「いやマミー、今日は珈琲を落としてくれ」

……この日の客はもう帰ったのか？……

……いや、早く帰したのか？……

……もしかしたら店を開けなかったのか？……

そんな事を考えながら、珈琲カップを温めているマミーの背中に視線を投げた。何となく後
ろ姿に疲れを感じる。カウンター席の片隅に腰を置き、珈琲を口に含んだ。薄暗い店の中で、
マミーとの最初の打ち合わせを始めたのである。

「マミー、色々と大変だな。金の事も、理恵ちゃんの事も。浩司君とは何回か話したのか？」

「うん、話したんだけどさ。でも、いつもしどろもどろでさ」

マミーは下を向き、大きなため息を吐いた。そんなマミーに幾つかの質問を続けた。
※マミーはなぜ金を貸したのか？
※マミーは五〇〇万円もの大金をどうやって工面したのか？
※借用書等の書面の有無は？
※……

「そうか、借用書なんて書いてないんだな。マミーは自分の生命保険を担保にして、手持ちの二〇〇万円と合わせて理恵ちゃんに渡したんだな。それが浩司君の手に渡った。なるほど」

「やっぱり、わたしが甘かったんだよね」

「そりゃマミー、娘の幸せを願わない親なんていないよ」

それまで横に並び、同じ壁を見つめ会話を続けていたマミーが立ち上がった。ワインを取り出し、コルクを抜いた。薄暗い店の中で僅かに放たれている灯りが、赤いワインを鈍く輝かせる。ゆっくりと時間が流れたあと、マミーはタクシーを呼んでくれた。

……お待たせしました……

ドライバーが暗いドアから声を差し込んできた。

「そうだな、この続きは明日、ファミレスでランチでもしよう。その時に詳しい内容を聞くよ。理恵ちゃんも連れてきてくれ」

☆

翌日、理恵は二歳になった娘・紗央莉を連れ、マミーと一緒に待っていた。

「ごめん遅くなった。同じのを頼んでくれ」

東大宮駅の東口ロータリーを背中にし、二〇〇メートル進む。この駅前通りには街路樹がない。真夏より低い太陽が直に目に飛び込んでくる。

出戸橋通りと交わり、ここを右に折れると、欅の大木が目に飛び込む。ほとんどの葉が落ち、幹の太さが顕著に現れていた。

大欅の左側に広い駐車場を持ったファミレスが呑気に平たい。

既にマミーたちのランチは始められていた。昼間のファミレスはたくさんの笑顔が並び、たくさんの雑音に囲まれていた。然れど、この席だけは笑顔が並ばない。その中で三人は渋い顔をし、ゆっくりと話し始めた。

マミーの一人娘である理恵は、今の夫、浩司と三年前に、前夫との間に出来た長男雅弘を連れて再婚。そこにこの紗央莉が生まれた。昨年の夏に浩司が最初の浮気をした時、ほんの少しの異変に理恵が直ぐさま反応。浩司に詰めより白状させた。これが一回目の浮気。現在は家庭内執行猶予中である。もし今回、二回目の浮気が発覚となれば『実刑は免れないよ』と理恵は目を吊り上げた。

浩司は物流運送業の会社を興し、代表者として会社を切り盛りするも、その経営はかなり厳しかった。様々な事がドラマのように絡み合い、浩司に降りかかっていた。仕方なくマミーから五〇〇万円、理恵から二五〇万円を無心した。

「オンナの問題とお金の問題は別だよ」

理恵が低い声でマミーを叩いた。

「何を言ってんのよ。理恵、何が別よ」

マミーが理恵に二倍にして返した。

「あたしはお金よりも浩司を取り返したいのよ」

「理恵、わたしは生命保険を崩して、それを貸しているのよ。だいたい金も返さないでオンナが出来たなんて、絶対に許せない。とにかく早く金を取り返したいのよ。あんたたちの夫婦関係より金よ」

「マミー、待って。浩司を取り返せば、お金も取り返せるかもじゃない。オンナと切れれば」

二人の白熱する会話に挟まるタイミングが掴めなかった。

マミーと理恵は激しくぶつかった。店の経営を一三年も続けている女は強い。その娘もやはり然り。周りにいるたくさんのランチ客の雑踏にも負けない鈍い声を投げつけ合った。それを止めたのは紗央莉。まだ言葉もおぼつかない紗央莉が大きな涙を溢し、マミーにも理恵にも視線を投げつけた。それを見て探偵は仲裁に入った。

「理恵ちゃん、マミー。今は喧嘩をしている時じゃないよね。二人とももっと冷静になりなさい」

唇を尖らせていた理恵は口元を平らにし、マミーを見つめた。目を吊り上げていたマミーは視線をテーブルに落とした。

涙を溢し、二人の会話を止めた紗央莉は、その時の役目を果たし、静かに泣き止んだ。

「今はベクトル、つまり目的の方向を統一しよう」

ここで二人に提案をした。

「いいか、今、大切な事は目的の統一化。それと情報の共有化だぞ。目的が違っていたり、情報がどこかで止まっていたら解決には繋がらない。この事を理解してくれっ」

視線を鋭くして二人の顔を交互に見つめると、理恵もマミーも瞬きを止め、耳を立てた。

理恵からたくさんの話を聞き出した。マミーも聞いた事のない話がたくさん出てきた。理恵はいい話も、悪い話もほとんど選ばずに語り続けた。

理恵が九〇％、相槌を打っていたマミーは僅か一〇％、二人の会話にたくさんの時間が通り過ぎていた。

ランチの客が気の早いディナーの客に変わるほどの時間が経ち、太陽が西に傾いた時、理恵のスマホが響いた。

「雅弘だ。いけないっ。もう雅弘が帰って来てた」

「ウソでしょ。もう、そんな時間なのね」

理恵の長男、小学二年生の雅弘が学校を終え、帰宅したようだ。

理恵からあまり関係がない話と前提された上で、青木という男の存在が告げられた。

「浩司が社長なのに、浩司に命令し、浩司をアゴで使う青木が憎い」

理恵が強い口調で青木の話題に逃げた。悪者を浩司から青木に乗せかえ、浩司を助けるかのような話しぶりに、不思議な違和感を覚えた。これはたぶんマミーも感じていた事だろう。借金の問題やオンナの問題が青木の話題に沈み、ベクトルがぼやけた。

理恵とマミーが席を立ち、帰宅を急いだあと、一人になるのを待っていたかのようにファミレスのマドンナがテーブルの器を片付けにやって来た。

「今の方、お友達ですか？　綺麗な方たちですね」

「友達と友達の娘だよ」

勢いよく展開されていた会話は、マドンナにテーブルを片付けさせる隙間さえ与えていなかったのである。

☆　☆　☆

青木は今年の八月に一本の電話を入れ、浩司に近づき始めた。忽然として現れた青木は直ぐに会社の顧問になり、社長である浩司を牛耳った。青木と出会った日、浩司はいつに無くウキウキとした顔で理恵に青木の話をしてきたと、理恵は回顧していた。その後、理恵が会社のイベントに顔を出した時、笑顔の浩司から直に青木を紹介されていた。

いつもテンションの高い青木は『浩司の事は全て俺に任せておけ。最初は取引先を紹介したりして経費がかさむが、直ぐに挽回して会社を大きくする。理恵ちゃん安心してね。それから二四時間、俺は浩司の事を管理するから、オンナなんて出来たら許さないよ。理恵ちゃんを悲しませる事なんて、させないからね。オンナなんてね』テンションの高さに戸惑いながらも理恵と浩司はお互いの目を見て頷き合った。

浩司はなぜ、簡単に青木を受け入れてしまったのか？　浩司の会社が設立時から厳しい経営状態を続けているとの情報を得た青木は、あたかも救世主であるかのように浩司の前に現れた。直ぐに青木から新しい顧客を紹介され、取引が開始された。

しかし紹介された顧客はなぜか皆、青木と同じ匂いを放ち、不思議なくらい青木と重なる。仕事をすればするほど、会社の経営は厳しくなっていった。

妻である理恵から、更に義母であるマミーから手助けをしてもらった二五〇万や五〇〇〇万の金は既に青木に渡され残っていない。青木は家庭の愛情を踏みにじり、優しい心を容易く自分の金に変えた。

……もしかしたら、どうにかなるかも知れない……

それは一年前に一度だけ名刺交換をした事がある青木からの着信で始まっていたのだ。真っ赤な夕日が沈みかけた頃、青木からの着信が浩司に絡みつく。

「浩司、久しぶり。元気にやってるか？　どうだ若い経営者は？　もう、たっぷり稼いだんじゃないか？　まさか金に困ってるなんて事はないよなっ」

「あっっっ、は、はい」

「実は相談したい事が有ります、なんて言いそうな声だな。浩司、よしっ、今日メシでも食おうぜ。八時に銀座四丁目の交差点で待ってる。着いたら電話しろ。じゃーあとでなぁ」

一方的に話され一方的に切られた通話のあと、キツネにでもつままれたような気持ちで浩司は銀座に向かう電車に乗っていた。電車の中から見える景色は、平らで真っ暗な埼玉から、照明や造型が個性的にモチーフされている都会に移った。

「銀座か。俺、銀座で飲むのか」

……ひょっとしたら、どうにかなるかも知れない……

銀座四丁目に着いた浩司の右肩がリズム良く叩かれた。

……♪…トントン…♪……

振り返ると色の黒い男と目が合った。食い入るような目で金縁の眼鏡を光らせている。

「あっ、青木さんですか？」

「おはよう、浩司。まさか俺の顔を忘れたんじゃないよな。今日は楽しもうぜ」

右肩を叩いた青木はニコニコと笑いながら浩司の後ろに立ち、手招きをする。

青木は僅か四〇〇メートルのために右手を少しだけ持ち上げ、タクシーを停めた。タクシーの中でもテンションの高い青木。

「浩司、浩司……」

あざとい笑顔で、力強く握手を強要した。

☆

地方都市には無いキラキラと光る街。夕方でも夜でもない。真夜中でも昼間の街・銀座。タクシーを降りた浩司は青木に導かれ、幾つかの路地を曲がった。たくさんのスーツ族がネオンに吸い込まれていく。二分ほど歩いた所にその店はあった。決して派手ではないが何か趣のある店。

～ＴＴＯＯＰＰ　Ａ～

青木が肩を張って入口を通過した。浩司もそれに続いて、少し背伸びをしながら入った。正面の壁から滝が流れ落ち、グランドピアノの軽やかな音が滝に溶ける。ゆったりとした雰囲気が高級感をかもし出す。

生まれ育った街では決して味わう事の出来ないゴージャスな空間だ。少し暗めの照明の中で、鍵盤を優しく叩く女性に間接照明が少し眩しくぶつかる。髪が長くスレンダーなオンナ。

……いいオンナだなぁ……

全てを忘れて暫くの間ぼーっと視線を投げかけていた。音に飲まれ、光に吸い込まれた。すると空気の流れが止まる。ピアノのオンナが振り返り、浩司の瞳を見つめ、軽く会釈。浩司は思わず息を呑む。胸の鼓動が浩司の身体を小刻みに動かす。

「おぃおぃ浩司。何やってんだよ、さぁ、飲むぞ」

見とれている浩司に青木の言葉が覆い被さった。

「あっ、はい、青木さん。お願いします」

二人が座ったボックス席に上品ではあるが、艶《あで》やかな女性が浅く腰をかけてきた。

「わっはっはっはっ。あぁママ、コイツがさっき話していた浩司だよ。これから浩司が頻繁にこの店に来るけど、浩司からは金を取らないでくれ。全て俺の名前で飲ませろ」

「畏まりました青木さん。コウジさんと仰るのね。素敵なお名前ね。この店のママをしておりますサツキと申します。彩りにお月様の月と書いて、彩月です」

彩月は口元で優しい笑顔を作り、和柄な名刺を浩司に手渡した。浩司は両手で受け取り、スーツの胸にしまう。

「いいから飲むぞ。さぁ、もう一度乾杯だ、今日は仕事の話は無しだ。明日だ、明日」

浩司は決してフカフカではないが、なぜか座り心地の良いソファーに腰を下ろし、ブランデーのロックグラスを口に運び続けた。

「コウジさん。実はね、彩月という名前も青木さんに付けていただいたのよ」

「えっ、青木さんに？」

「そう、店の名前、ＴＴＯＯＰＰ　Ａは青木さんのＡなのよ」

「まぁ、浩司。この通りだ。何でも任せておけ。全て、全てを俺に任せておけ。どうにでもなる」

そこに一人のスレンダーなオンナが歩み寄った。

「ご一緒させて頂いてもよろしいですか？」

視線を持ち上げるとさっきまで鍵盤を叩いていたオンナが笑顔で浩司を見つめていた。

「おう彩乃、来たか。一緒に飲もう。座りなさい」

「じゃぁ彩乃ちゃん、青木さんからのお許しだから、コウジさんの隣に座りなさい」

高級な店には上級を思わせる客層が静かに集う。大手企業の接待なのか、上品な顔で上品な酒を交わす。四、五組の客がいるものの、滝の音と軽やかなBGMに遮られ、話す声すら響かない。青木と浩司の席でも上等な時が過ぎていく。


結構長い時間を豪華に過ごした。長い時間を楽しく流した。しかし浩司は何度も時計を気にしていた。まだこの時は心の中の時計が壊れていない。

「青木さん。そろそろ電車が、終電の時間なんですが……」

「バカ野郎、浩司。ここは銀座だぞ。時間なんか気にして飲んでいるんじゃねぇ〜。もう少ししたらタクシーで帰れ」

更にブランデーの時間が過ぎていく。ピアノのオンナは浩司の膝に手を置き、オンナの温もりを浩司に注ぐ。浩司はすっかり時を忘れた。深夜三時を過ぎ、青木が彩月に命じた。

「ママ、そろそろタクシーを呼んでくれ。浩司、今日はこれで帰れ」

青木はポケットから壱万円札を三枚、浩司の右手に握らせ、静かに微笑んだ。

……お供が来ました……

店の黒服がソファーの横で跪《ひざまず》き、小声で伝えた。

「タクシーが来たみたいだな浩司。気をつけて帰れよ。また明日、明日だぞ」

店の外までスレンダーなオンナが見送り、浩司の胸に額を埋《うず》めた。彩乃は浩司の浮いた気持ちに手をかけ始めたのである。

浩司は一人タクシーに乗り、埼玉の自宅に向かった。都会のネオンがみるみると遠くなる。

しかし浩司の心は、青木と泳ぎ、ブランデーで流され、彩乃に沈み始めていた。

……もしかしたら、どうにかなるかも知れない……

……青木さんに、ついていこう……

☆　☆　☆

高校中退後、フクザツなアルバイトをたくさん経験した浩司は、世の中の表と裏を知り、真面目こそ最高であると学んだ。その後、運送会社に就職し、七年が経過した。理恵と浩司の出会いは一三年前。理恵が中学二年生の真夏の夜。浩司が部活帰りの理恵を大宮駅で助けていた。四年前の夏、共通の友人が企画したＢＢＱで知り合った二人がお互いの記憶を巡らせると、一三年前に遭遇していた事に気付く。運命的に再会した二人は翌春に結婚するまでに発展。浩司は朝早くから身体を動かす事を躊躇わず、がむしゃらに汗を流した。

結婚後、株式会社を興した浩司はトラック八台を抱える物流会社の社長になっていた。その後も力を抜く事なく、自らもトラックを運転し、現場に出る毎日を続けた。事務処理は深夜遅くまで一人パソコンに向かっていた。理恵はいつも微笑みながら、浩司を優しく見守り支えた。

独立して半年が経った時、たった一つの出来事が今までの流れをあっけなく変えた。あたかもボタンをかけ違えたカーディガンのように、全てがずれ始める。

低い太陽がこの日はやけに早く地面に潜った。冷たく凍てつく空気を掻き分け、浩司は国道一号を北に進んでいた。あと一時間もすればすっかりと闇に落ちる。その時、浩司のスマホがいつもとは違って感じられる音を発した。

「はい、お疲れ様」

「……」

無言が怖い。嫌な予感だ。

「どうした？　どうしたんだ？」

「ふぅー」

ため息が一つ聞こえた。

「しゃ、しゃ、社長。たい、大変です。若林が事故りました」

先に事務所に戻っていたスタッフが警察からの連絡を受けたのである。

……「落ち着け。落ち着こう」……

自分に言い聞かせながら、細かく状況を説明させた。茨城に向かって走らせていた四トントラックが、交差点で部活帰りの高校生を撥ねてしまったのだ。慌てずにはいられない。

「怪我の状態はどうなんだ？」

やっとの思いで声を絞り出す。

「場所はどこなんだ？　状況はどうなんだ？　怪我の具合はどうなんだ？」

あっという間に大粒の汗が額から頬を伝わった。手の平が乾き、ざらついて自由さを失っている。落ち着こうと路肩の自販機に合わせてトラックを停めた。しかしコインが入らない。自分の震えに気付き、更に震えが強まる。

……「落ち着け浩司。落ち着こう浩司」……

自分自身に言葉を聞かせた。息を一つ吐いてトラックに乗った。自分の代わりを呼び寄せ、事故現場近くで乗り換える事にした。

第一報から三時間後、浩司は被害者が運び込まれた病院にいた。浩司が到着して間もなく被害者の両親も病院に到着。浩司は挨拶をしようとしたが言葉が見つからない。ただただ頭を下げ、手術室の赤灯が消えるのを待った。冷たい時間が浩司の背中にのし掛かる。壁時計の針がカチカチと響く。待合室で三人が無言のまま床を見つめ続けた。もうどのくらいの時間が経ったのだろうか。時間が進まない。時間が止まって感じる。祈り続ける。全ての動きがスローモーションで揺れている。ただ時計の音だけが冷たく響いた。

遂に手術室の赤灯が静かに消えた。唾を呑み込む。扉が開いた。両親が立ち上がった。被害者がストレッチャーに乗せられ、目の前を通過した。続いてドクターが出て来た。両親に向かって話し始める。浩司は遠くから見つめる事しか出来ない。

「左大腿骨骨折、右膝外側側副靭帯断裂、左鎖骨骨折。頭部への損傷は見受けられません。幸いです」

ドクターからの言葉に両親が泣きながらその場にしゃがみ込んだ。少しの時間のあと、振り返って浩司に言葉を向けた。

「社長さんですか？」

かすれた声で父親が浩司の目を見た。

「明日、ゆっくりとお話ししましょう」

「はい、申し訳ございません。畏まりました」

病院を出た浩司は深いため息を一つ、暗い天に向かって吐いた。低い天で幾つかの星が浩司を照らした。浩司の顔は青白く、冷たい空気に包まれていた。

「そうだ、保険会社に電話だ」

車に戻った浩司はスマホを握りしめた。

事務所に電話をし、保険会社の連絡先を調べさせた。しかしなかなか折り返しの電話がこない。我慢出来ず、催促の電話を入れた。

「早く保険会社に連絡したいんだ。早く書類を見てくれ。まだ見つからないのか。どこを捜しているんだ」

「すみません、社長。この四トンだけ書類が見つかりません」

「おい、そんなはずはないぞ。よく捜してくれ、捜して、さがし……」

その時、その言葉を発すると、頭の血管が破裂し、心臓が飛び出すくらい息が詰まった。

……あ、あっ……もしかしたら……ヤバい……

翌日になり、その四トントラックだけ任意保険が切れている事が明らかになった。切れていた。一週間前に切れていたのだ。浩司は現場の事を優先するばかり、会社経営として大切な事務処理を疎かにしていた。

自賠責保険だけではカバーしきれない治療費、慰謝料、後遺症損害等々。合計一八〇〇万円の支払い義務が浩司の背中に覆い被さった。被害者が一命を落とさずに済んだ事が救いではあるが、浩司のケアレスミスがあまりにも大きな代償となり、行く手を阻んだ。

現金に出来る物は全て換金し、再出発しようと意気込んだ。浩司の私物も理恵の宝物も全てをつぎ込んだ。しかし笑顔のない事務所から一人消え、また一人消え、遂には一カ月の間に四人が会社を離れ、八台のトラックのうち四台があぐらをかいた。それを背中に浩司は二倍、いや三倍の仕事をこなし続けた。昼もなく夜もなく。ただ稼働率五〇％では立ち回れるはずがない。もがけばもがくほど糸が身体に絡み付いた。自宅に帰っても言葉が出ない。暗い毎日が果てしなく続いた。次第に酒の量、酒の回数が心と身体を蝕んだ。この苦しい生活の最中、青木からの電話を受信したのである。

『浩司、久しぶり。元気にやってるか？……』

弾けるような声でテンション高く話す青木。いつも一方的に話す青木。藁にもすがりたい浩司に全てを知り尽くしているように話す青木。まるで占い師にでも出会ったかのように浩司は幻惑された。

……もしかしたら、どうにかなるかも知れない……

更に青木は浩司に深く強く絡み付いていくのであった。

第二章　調べてみると……

「そうか。浩司君のこの三カ月は、今までとは全く違う生活になっていたんだねっ」

マミーと理恵をテーブルの向こう側に置き、深く探り始めた。こちらを不思議そうに見つめているマドンナを目で呼び、食べ終えたランチの食器を片付けさせて、更に話を続けた。昼食時で混み合ったファミレスではたくさんの人たちが思い思いに語り合い、笑顔を並べている。

今回は探偵としての仕事ではない。あくまでも知り合いからの相談事である。鋭い目で耳を立てると、マミーは眉間にシワを寄せる。理恵は唇を尖らせる。三人には笑顔が溢れるはずがない。一日も早く笑える姿に戻したい。心の底からの笑顔に。そのために結論をどう導き出すのか？　理恵の心の着陸点はどこなのか？　マミーの心の妥協点はどこなのか？　それらを探るために今出来る事、それは知りうる情報を正確に集め、分析しなくてはならない。

「理恵ちゃん、どんな事があった？　浩司君が変わった点って、どんな事に気が付いた？」

すると理恵は次から次へと記憶の紐を解いた。

「あたしと浩司が最初に出会ったのは、あたしが中二の時なんです。それから四年前に偶然再会して……。でも、あんな浩司じゃなかった。あのね、先ず目を見ないの。目を見て話さないの。目を合わせようとしないんです。それから在宅時間が極端に短くなったんです。家に帰ってくる目的が違うんです。家族といたいとかじゃなくて、スーツを着替えるためとか。睡眠時間も二時間くらいでまた外出とか。あたし、その二時間の間に浩司のクルマの中を見たんです。そっ、そうしたらクルマの中にオンナとのペアシューズが置いてあった。浩司の財布を調べたら、中にカードの明細書があって。二足で一八万円もする靴を原宿で買っているんですよ。あいつ、いつの間にか原宿にも行ってるし」

勢いづいた理恵の言葉はテンポを増した。次から次へと自分が見つけた事実を説明する。

「理恵ちゃん、それでどうした？」

「もちろん、その時はあたし、浩司に詰め寄りましたよ。そうしたら『お得意先の社長夫妻に靴をサプライズプレゼントするんだ』だって」

「ちょっと不思議な話だよね。随分、単純な言い訳過ぎる。子供騙しだな」

「そうですよね。靴なんてサイズがわからないから、買う時必ず履いてみますよねっ。だからウソだってわかる。浩司は目を泳がせながら言ってました。去年の浮気の時と同じ目をして。アイツ困ると目が泳ぐんです。あの時も泳いでいた」

「なるほどね。ここまで聞いていてマミーはどう考える？」

黙って理恵を観察していたマミーに発言を求めた。

「う〜ん、別れる別れないはわたしが決める事ではないから。この娘が自分で決める事だよね。でも、この娘に限らず今の娘は何事にも我慢が足りないよね」

「イヤよ。何であたしが我慢しなくちゃならないのよ」

気が付くと満員だったファミレスが、隣の席から人が帰り、その隣の席も既に違う客に入れ替わっていた。

「わかったよ。じゃあ全てを暴いていいんだね。証拠を掴んで。離婚を前提に」

「違います。浮気を見破っても別れる別れないは別問題です」

「じゃあ理恵ちゃん。二回目の浮気も、執行猶予があり得るんだな」

「はい、子供たちのために環境を変えたくないので。全てがわかった時にあたしが決めます」

「了解。じゃあたくさんの証拠を集めるよ。理恵ちゃんが途中で嫌な思いをしても感情の変化はダメだよ。浩司君に同情とか」

「もちろんです。宜しくお願いします」

理恵は素直な目をして優しく頭を下げた。その様子を見て次の段階へ進めた。

「わかったよ。二つの作戦を考えたんだ。やってみるか？　一つはマミーのための……」

「えっ、ウソでしょ？　わたしの？」

「マミーは五〇〇万円もの大金を貸しているのに何の書面も無いんだよな。だから法廷でも使える借用書を作ろう。身内という信用を利用してそれに甘えている。こちらも毅然として。もし裁判になっても証拠に出来るものを用意しよう」

「わたしの五〇〇万は戻らないのかな？」

「マミー、慌てるな。一つずつ丁寧にやっていこう。それから、もう一つは理恵ちゃんのためのGPS作戦だ」

「社長、ＧＰＳって何ですか？」

「理恵ちゃん、探偵が仕事で使うＧＰＳを知っているか？　彼の居場所がわかる探知機なんだ。今回は探偵仕事ではないからレンタルのＧＰＳを使おう。クルマの下側や見えない所にマグネットで取り付けるんだ。つまりクルマの居場所がスマホで観察できる。二四時間。もちろんリスクもたくさんある。例えばバレて外され、壊されて捨てられたり。わざと他のクルマに乗せ換えるヤツもいる」

「探知機？　バレて？　何か難しいな？　でも社長。頼んでください。お願いします。そのＧＰＳのレンタルを頼んで、早く」

「わかった。依頼するよ。でも、もう戻れないよ。戻れなくなっても大丈夫か？」

「はい、大丈夫です」

「わかった。今、電話してみよう」

おもむろにスマホを取り出し話し始めると、母娘はお互いの目を見て頷いた。

「もしもし、ＧＰＳのレンタルをお願いしたいのですが……」

「ありがとうございます。……ですね」

「はい、送り先は埼玉県蓮田市……」

マミーは珍しく、素直な目つきで探偵の話を見つめた。

都内での仕事を終え、大宮駅で宇都宮線に乗り換えた。暑すぎた夏が今は懐かしい。駅に行き交う人々の出で立ちが深い秋を表していた。哀愁とは愛が終わると書くのか。それとも愛を集めると書くのか。

事務所に戻るとポストに置き配を見つけ、直ぐに理恵にＬＩＮＥを入れた。

……ＬＩＮＥ……「理恵ちゃん、ＧＰＳが着いたよ、時間のある時に連絡ください」……

煙草に火を点けパソコンを開こうとした時、すかさず理恵からのＬＩＮＥが響いた。

……ＬＩＮＥ……「あしたの午後なら」……

短い返信だが用件がしっかり伝わる理恵からの言葉である。

色々と考えていた。ここまでの登場人物がどのような放物線を描くのか。特に頭の中から離れない名前が一つ。それはキーパーソン・青木。青木とは一体、何者なのか？

いつしかタクシーを呼び、マミーの店に向かっていた。久しぶりに客としてカウンター席で飲みたいと。いつもの席でいつもの酒。しかしいつも通りではない事が一つ。マミーが疲れている。マミーが迷っている。やっとマミーが言葉を振り絞ってきた。

「ありがとう」

短い単語だが全てが伝わる言葉だ。頷きながらマミーの心を感じた。

常連の若い客が三人。仕事の不満や恋の悩みをマミーに相談している。カウンターを挟み、何度もマミーと目が合った。だが二人は大人。依頼の件についてはどちらの口からも開かれる事はなかった。この日は普通の客、他愛もない会話をしながらウイスキーを水割りで吸い込んだ。

翌日理恵との待ち合わせに向かう。月末のせいか道が凄く混んでいた。約束の時間に一時間も遅れた。ＬＩＮＥで遅れる旨を伝えたが、返信を受けないままいつものファミレスに入った。

いつもの席に理恵の姿を見つけた。頻りにスマホをいじっている理恵は何か機嫌が斜めのようだ。スマホから手を離さない。構わずに理恵に話しかける。

「理恵ちゃん。ごめん、遅くなりました」

丁寧に遅刻を侘びても理恵は無言。昼の時間をとっくに過ぎていたこの日は、ファミレス内に客がマバラに座っている。

「あらっ、社長、お疲れ様です。いつも忙しそうですねっ」

「ぉお、マドちゃん。元気そうだな」

明るく癒やしてくれるマドンナに笑顔で続けた。

「近いうちに生ビールでもしようか？」

「はい、楽しみ～」

マドンナとのさりげない会話に理恵は顔を持ち上げ、不思議そうに見つめてきた。

「男の人って直ぐに声をかけるんですね。気軽に。浩司はこんな事はしないです」

理恵が眉を吊り上げて刺してくる。

「ごめん、理恵ちゃん。あれっ、ちょっと雲行きが怪しいな。あのさぁ」

「男の人って、あのさぁとか言って話を変えるんですね。浩司みたい」

一旦、理恵から目を離し、左手に持参したバッグをテーブルに載せた。理恵の瞳を覗き込む。

「あのさぁ、理恵ちゃん、GPSが到着したよ。開けてみなさい」

「あっ、そうだ来たんだよね。これがGPSなのねっ」

理恵はGPSを手にした。どうにか難を脱出し、話を続けた。理恵は説明書にかじりつきながら唇を噛んだ。いつの間にか理恵は心を穏やかに戻している。

……「大丈夫なのかなぁ？　どうやって取り付けるんだろう？　どうやって充電するんだろう？」……

理恵の独り言に同調した。

……早く取り付けたい……

……早く作動させたい……

勢い余ってわざと理恵の手を握ってみたが、理恵は嫌な顔をせず、優しい瞳を投げ返してきた。女性って、実は女優なのか？　優しい瞳に呑み込まれた。

☆　☆　☆

ＧＰＳはその日の深夜に取り付ける時を迎えた。理恵の自宅と事務所の距離は六キロ。時間にして二〇分だ。

深夜二時過ぎ、理恵からＬＩＮＥを受信。

……ＬＩＮＥ……「何も知らない浩司、今、帰宅」……

……ＬＩＮＥ……「オッケイ、今出る」……

事務所を出発した。すれ違う車がほとんど無い。運転する車のライトをハイビームにして県道を突き進んだ。理恵の自宅前に着き、浩司のクルマを確認してからその前をゆっくりと通過。辺りのロケーションを頭に入れるため、少しだけ走ってみた。昼間に見た様子と全く違って映し出されている夜の街。真夜中の静寂。のっぺりとした昼間の明るさは全てを呑気に照らす。しかしこの時間はほとんどが真っ暗な闇の空間。その中で一定の物だけに光が当たり、それを浮かび上がらせる。光と闇を使ったまるで３Ｄ。駐車場の片隅に立つ街灯が浩司のクルマに当たり、そこだけが特に眩しい。

ＧＰＳを右手に握り車を降りた。いよいよ取り付けだ。だが僅か一〇秒で車に戻った。決してたじろいだわけではない。

……再確認してないから……

自分にウソをついて理恵にＬＩＮＥを入れた。

……ＬＩＮＥ……「決行三分前。そちらの状況をください」……

なぜか、既読にならない。未読スルーだ。だから返信もこない。どうするか迷った。浩司が再びどこかに外出するのか？　浩司と理恵が口論でも始めたのか？　何かがバレてしまったのか？

二分待つと五分が経っていた。七分経つと一〇分が過ぎていた。

……「さっきあの時、行けばよかった」……

迷っているうちに時間が音をたてずに過ぎていく。少しだけ後悔。もう三〇分以上も固まったままだ。

……何で返信がこないんだろう？……

無数に並んでいる星を何気なく数える。じっくりと夜空を向いた事なんて、今までにない。次第に自分の胸から聞こえていた鼓動が小さくなり、心が冷静さを取り戻していた。

意を決して車から降り、クルマに向かった。ところが僅か一〇メートルの距離が遠い。左手で小石を投げても届く距離。小声で話しても聞こえる距離。この近くて遠い距離を緊張しながらやっと進んだ。もしここに青木が来たら……。

……完　全　に……O　U　T……

クルマの下に手を伸ばした。届かない。見えない。暗い天を見るように仰向けになり、両の手で身体を引っ張り、身体ごとクルマの下に潜った。なぜか明るい。かなり明るすぎる。非常に眩しい。辺りにある全ての明るさが自分一人に当たって感じる。空気が止まった。息を止めた。

……ここだ、ここに……

全身から涌き出るパワーをマグネットに乗せ、貼り付けた。
……よしっ……
その時、足音がした。誰の足音だろう。人の声がする。
……ヤバい……
身体を更に深く潜らせた。音が近づいてくる。
……ヤバい、かなりヤバい……
若い男、どうやら二人。クルマの直ぐ横まで来て足を止めた。
……バレたか？　見つかったのか？……
次第に音が遠退く。音がしない。遠くで音が止まって、音が消えた。
……どうした？　どうなっているんだ？……
心臓の音が狭いクルマの下で木霊する。また足音が動き出した。いや、また止まった。
……ヤバい……
やがて足音が遠くに消えた。
……今だ……
車に戻ろうとした時、足元に人の気配。何かさっきとは違う足音がした。軽い足音だ。
……♪…トントン…♪……
クルマのボンネットが軽く叩かれた。心臓の鼓動が人生で自己最高になった。
……どうしよう。誰が叩いたんだろう？……

「隠れているつもり？　足が見えてるよ。社長、大丈夫？」

聞き慣れた声が耳に届いた。

……もしかしたら？……

「フゥー」

大きなため息を吐きながら身体を抜き出した。

「理恵か。バカ野郎。ふざけるな。びっくりさせるな」

「えっ、びっくりしたの？　今、新聞配達の人が二人いたでしょ。大丈夫だったの？」

「えっ、新聞配達？　さっきの二人？」

立ち上がり足早に車に戻った。早くこの場から走り去りたい。人間の本能がそうさせるのか？　強ばった顔を引きつった笑顔に変え、理恵を助手席に乗せた。胸の高鳴りを戻すのに、少しの時間だけ理恵を拉致した。でも、今日は早く帰さないと。また浩司が出掛けるはずだ。

「さっきＬＩＮＥしたんだよ。既読にもならないから、心配したんだよ、バカ」

「バカ、理恵。お前の返事がこないから……。まぁいいさ。理恵、今日は早く寝なさい。明日から、明日からが勝負だよ」

気が付くと名前を呼び捨てにしていたが、理恵も嫌な顔をせず、受け応えていた。

理恵を降ろしてからスマホを見た。確かに理恵からのＬＩＮＥを受信していた。ちょうどクルマを目指したり、一旦戻ったりしていた時間に。

……ＬＩＮＥ……「今なら、大丈夫です」……

……理恵、遅すぎるし……

身体よりも心が強烈に疲れた。独り言を吐きながら帰宅。

……「今日は、早く寝よう」……

☆

「いいか、理恵。慌てずにゆっくりと観察しよう。今、見えているGPSの停止点はこれから何度も場所を変えてあちこちに動くぞ。全く予想もしていなかった所に行き、全く予定していなかったものと繋がるはずだ。何度も何度も現れる幾つかの点は極めて怪しい。この点の近くに青木やオンナが存在する」

浩司のクルマにGPSを取り付けた翌日、行きつけのファミレスでランチを取りながら理恵に説いた。たくさんの客をそれぞれの席に持ったファミレスは、二人の声をかき消すほどの雑踏だ。その中で言葉の意味を噛み締めながら耳を立てている理恵は全ての言葉を聞き取ってくれた。熱い珈琲はとっくに冷めていた。温《ぬる》いカップを左手に握り、理恵の瞳を見つめながら続けた。

「何度も何度も現れるエリアで何がわかろうと、理恵、絶対にくじけるなよ。必ず黒く光るポイントを暴き出すぞ」

あの暑い夏の日、突然に現れた青木。青木が現れて僅か一〇日後、浩司は態度を一変させた。

あの夏の日を境に。青木が浩司を変えてしまったのか？　オンナが出来て浩司が変わってしまったのか？『全て俺に任せておけ。浩司にオンナなんて出来たら許さないよ』

テンション高く笑顔で話しかけてきた青木。青木との接触を見極める事が大切であると理恵は感じた。

浩司の全てを知りたい。見えないものが全て不安でしかない。これらの不安を解明するためにGPSを取り付けた。

まだこの時の理恵の心には、浩司にかけた嫌疑が勘違いであって欲しいという未練が残っていた。真っ赤な目をした理恵が口を開いた。

「やっぱり怖い。GPSを見るのが怖い」

無造作に置かれた食器が忙《せわ》しく片付けられる。雑音に負けず鋭い目をして話し合う二人は、ファミレスのマドンナに話しかけさせる隙間を与えない。背中にマドンナの視線を感じながら理恵が言った。

「珈琲を入れ直してくるね」

「うん、ありがとう。でも、自分で行くよ。ゆっくり座っててていいよ。理恵、お前、昨日寝てないだろ」

理恵の疲れきった赤い目は、明け方の浩司帰宅時間までGPSを睨み付けていた事を裏付けていた。誰と過ごしているのか？　疑念と憤りが理恵の額に浮かび、一筋の汗となってテーブルに弾けた。

☆

浩司のクルマに取り付けたGPSはこの日も不思議な動きを捕らえていた。何度も何度もその場所に近づく浩司のクルマ・新型アーバン。何度も何度もその場所に止《とど》まる最新アーバン。昼下がりのファミレスで理恵と話し、理恵と考えた。GPSが指す場所は浩司の会社でもない。既存の取引先としても聞いた事がないと理恵は話す。

二人でその住所を地図検索してみると、そこは土呂駅に近い住宅街だった。連日、アーバンで通い続けている。つまりGPSの存在に気付かれていない。昼間には僅か五分間、長い時は三時間も停まり続ける。この場所に果たして何があるのか？

お互いが持っていた珈琲カップをテーブルに置き、二人が同時に瞳を合わせた。

「おっ、オンナのアパートじゃない？　それとも青木のアジトなのかも？」

「うん、どちらかだな」

二人は推理を巡らせた。

……オンナを店に送っているのか？……

……オンナをアパートに送っているのか？……

……青木のアシに使われているのか？……

「理恵、土呂駅から銀座の駅まで何分かかる？」

「うん、今、調べてみる」

理恵は小気味よくスマホを弾く。

「土呂駅から宇都宮線に乗って東京駅で乗り換え、地下鉄丸ノ内線で銀座。四七分だよ」

「おう、四七分か。アーバンの停まる場所から土呂駅まで歩いて五分。銀座の駅から四丁目の店まで四〇〇メートル、歩いて一〇分だな。五分と四七分と一〇分」

「そのまま足し算して六二分だよ」

「確かにオンナのアパートとして、あり得るポジションだな」

「浩司が銀座に行かない日は、オンナは電車での出勤なのかな。オンナと青木の関係はなんだろうね？　やっぱり浩司のオンナは銀座の店のオンナなのかな」

「たぶん、それは間違いないだろう」

☆

浩司が青木に誘われて頻繁に通っている銀座の高級クラブ・ＴＴＯＯＰＰ　Ａ。ここは青木の店である。それまでもＧＰＳは何度もこの店を捕らえていた。早い日は昼過ぎ。また夕方からの日も。深夜に銀座に赴き、とんぼ返りする日もあった。更にアーバンが銀座に行った日の深夜は、ほとんど例外なくこの土呂駅近くの住宅街を指していた。

脚色なく浩司の行動を表し続けているＧＰＳは同情も感情もなく冷たい。空の上から全ての出来事を素直に見つめる。真横にいては見えない壁の向こう側も。巨大な迷路を見つめるかのように、全ての悪事を正確に見抜く。

考えた二つの作戦のうち一つが浩司を観察するためにアーバンに取り付けたGPS作戦だ。もう一つはマミーが貸したままの五〇〇万円を奪還する作戦であった。

信頼と同情と愛情によって手渡された。身内であるために借用書すら巻いていない。約束の返済期日を過ぎても、連絡もせずにジャンプされた。返済されずに半年間が過ぎた。そんな五〇〇万円である。

流石にしびれを切らせたマミーが呼び出しをかける事、二回。いずれの時も少しも悪びれず、しどろもどろになりながらウソを並べた浩司。目を見て喋らない浩司の変貌ぶりは、浩司を黒く光る悪人面に変え始めていた。

……オンナと別れ、金を返済した時、理恵は浩司を許し、浩司を受け入れるのか？……

「あの青木がどういう人間であっても構わない。全ては浩司が悪い。大切なマミーを裏切った事も、あたしを裏切った事も絶対に許せない」

豪語する理恵ではあるが、心は揺れているはずだ。

今更、許して欲しくはない。なぜなら、浩司を許せないからではない。それは探偵が次第に理恵に心を奪われ始めていたからだ。

昼下がりのカウンターで探偵がマミーに質問を続けた。

「いいか、マミー。貸した人はマミーでいいな？　借りた人は浩司君でいいな？　貸した日には？　渡した方法は？　使用目的は？　返済期日は？　その時の状況を細かく教えてくれ」

法的に通用する借用書を作るため、マミーに細かく取材した。まだ客を持たない三時過ぎのマミーの静かな店に、外を通る小学生の明るい声が飛び込んでくる。

♪♪……宿題なんか～♪♪……したくない～♪♪

♪♪……やっぱり宿題♪♪……しよーかな～♪♪

……「もう、子供たちの下校時間なんだね。理恵の二人の子供たちには責任はないよ。素直で元気な子供に育て上げなくてはね」……

マミーに落としてもらった珈琲を飲みながらマミーの独り言に付き合った。

作り上げた借用書は……私、山本浩司が上記返済期日を守らなかった場合、法的措置を取られても仕方ありません……と結び、浩司に署名捺印させる欄を設けて完成させた。

「今は義理ながら親子だよ。でも、ＧＰＳが浩司の浮気を証拠付けたら、理恵が離婚に発展させるかも知れないね。そうしたら、わたしはもう、浩司とは他人になる。もう、わたしのお金の回収なんて、出来ない」

マミーが語尾を強め、言葉を床に吐き捨てた。

その後、マミーは吊り上げた目でスマホを手に取り、浩司にＬＩＮＥを入れたのである。

……ＬＩＮＥ……「今日か明日、お客様が来る前の時間にお店に来なさい。必ずだよ。何の件か、わかるよね」……

探偵がマミーの店を出て二時間経った頃、浩司からの返信がマミーのスマホを鳴らした。

……LINE……「了解です。明日、五時に行きます」……


あまり眠れないまま朝を迎えた。浅いレムの眠り。理恵から聞き出した今までの状況が探偵の頭の中で画像になり、まるで紙芝居のように一枚ずつパラパラと頭の中で舞い降りた。笑顔がなく、下を向いた画像が続く。その中にたった一枚だけ白い歯を輝かせている画像があった。

理恵の笑顔が砂浜の上で弾け、浩司と一緒に真夏の太陽を身体中に浴びている。熱い光は高い空から二人に降り注いでいた。ところが、その青い空の中には、黒い雲が一つ。二人の後方に、にわかに近づいていたのだ。この時はまだ、この雲の動きに誰もが気付いていていない。


浩司がマミーの店に到着する三時間くらい前、理恵が電話をかけてきた。いつものようなLINE連絡ではなく、突然かけてきた電話に、理恵の慌てている心を感じざるを得なかった。

「今、大丈夫？」

「理恵どうした？」

わざと落ち着いてゆっくりとした口調で話し始めてみた。

「あのね、お願いがあるんだ」

「どうしたんだ？　理恵」

「今日のマミーと浩司の話し合いに立ち合わないで。まだ顔を見せないで欲しいんだよ、浩司に。これからのGPS作戦でたくさんの情報を集めるのに顔バレしていたらやりにくいと思ったんだ」

「なるほど。顔を割るのはまだ早いって事だね。でも、マミー大丈夫かな？　借用書の書かせ方とか、説明してないんだよ」

「……ふ、っっでも……」

「わかった。理恵、了解だよ。マミーに連絡するよ」

「でも、マミー、大丈夫かな？　やっぱり……」

「大丈夫だよ。たぶんな。ダメでもいいさ。どうにかなるよ」

優しく笑いながら言葉を整えた。理恵との電話を終わらせてマミーに電話を入れる。

今日の浩司との面会に、
■急な仕事で時間に間に合わない
■マミーは浩司との話し合いを二人だけで頼む
■借用書に浩司の署名捺印をもらってくれ、必ず
……頑張れマミー……心で念じ、立ち合わない言い訳を並べた。

予想に反して言葉を冷静に受け入れてくれたマミーではあるが、胸中は冷静であるはずがない。不安、不安がつきまとっているだろう。そんなマミーへの気持ちを心の中にしまい、理恵と合流した。この空いた時間を有効に使う。

待ち合わせの場所に着くと、初冬を感じさせる冷たい風にさらされ、理恵は遠くを見つめ、固く立っていた。尖った瞳に涙を溜め、一つの方向だけを見つめる。

……この娘のために早く解決させなければ……

理恵を乗せ、車は法務局に向かって走り始めた。浩司の会社の情報を調べるために。

さいたま地方法務局の駐車場に停め、小走りで二階へ駆け上がった。申請書に浩司の会社情報を書き、窓口に提出した。中年の担当者が不愛想に受け取る。こなし仕事に喜怒哀楽は浮かばない。番号札をもらい、モニター画面に自分たちの番号が表示されるのを待っていた。

埼玉県蓮田市東町五丁目六番地。

「すみません。この住所にこの会社は存在していませんよ」

二〇分くらい待つと中年の担当者から冷たく言われた。

「えっ、理恵、どういう事だろう」

「浩司の会社はもう無いって事？」

「わからないよ」

「どーいう事かな？」

「うーん。ょ、よし。では、同じ法人名で近隣地区に登記変更されていないかを調べられますか？」

「あっ、はい。それでは法人名から検索をしてみますね。少し時間をください」

面倒臭そうな顔をした担当者には覇気がない。頭をかきながらカウンターの奥深くに消えた。

待合室の椅子に理恵と並んで座り、今頃始まったであろうマミーと浩司の面会に思いを巡らせた。

「マミーどうしてるかな？」

「そうだな、今頃だろうな。理恵、きっと大丈夫だよ。マミーは強いから」

「う、うん」

「たぶんな」

あとから来た番号が先に呼ばれ、階段を下りて忙《せわ》しい街に戻って行く。しかし、二人はなかなか呼ばれない。既に法人が抹消されているかも知れないと不安が募る。

一時間ほど待つと例の担当者が今度は温かい顔をしてやって来た。自慢気に二人の顔を覗き込む。

「お待たせしました。はい、出ましたよ。さいたま市北区土呂一丁目に本店登記されている会社があります。同じ法人名です。本店所在地が登記変更されていました」

「え、え、っ、っ」

「土呂？」

受け取った謄本を片手に握り、理恵と車に乗り込んだ。もちろん土呂一丁目に向かう。運転を理恵にしてもらい、謄本にかじりつく。蓮田市東町と北区土呂はクルマで三〇分ほどの距離であり、決して遠くはない。だが浩司から土呂に縁があるとは聞いた事がない。

代表取締役には浩司の名前がそのままで残っていた。青木には変わっていない。役員も浩司一人のままだ。しかし、三週間前に登記変更。三週間前とは、法務局の書き換え手続きが終わって間もない事を表している。通常、登記変更には二週間を要するから。浩司が音をたて、急ピッチで遠ざかっていく様子を感じた。

理恵はアーバンのGPSが示す位置をターゲット設定して進んだ。助手席では探偵が朧本の地番をナビに入れ、その場所を目指した。

「アーバンが動いているよ。マミーとの話が終わったんだ。アーバンも土呂に近づいているみたいだよ」

マミーの店を出たアーバンが無警戒で動き出した。

「この朧本の住所までもう直ぐだぞ」

二人を乗せた車は土呂一丁目にほとんど近い。

GPSと朧本住所、この二つの点が勢いよく近づいている。間もなくアーバンの位置情報と、ナビの地図情報が重なりそうだ。

「あと二〇〇メートルだよ」

「いや。あと一〇〇メートルだ。近いぞ」

「うん」

二つの点が三〇メートルになった時、二人の目の前の信号が赤に変わった。でも理恵は無理矢理行こうとした。

「危ない理恵、停まりなさい」

　理恵は急ブレーキを踏み込んだ。だがアーバンとの距離は更に無くなり続けている。すると停まった信号の左側からスピードを荒げた一台のクルマが横切った。アーバンだ。

「危ない。あの運転。あの運転、慌てている」

　交差点の先のアパート前で一旦、一瞬だけ停止したアーバンはあっという間に離れていく。何かを積んだのか？　誰かを乗せたのか？　遠ざかるアーバンはまるで理恵と浩司の距離を離すかのように背中を向けてスピードを上げ、その距離を三〇〇メートル、四〇〇メートルとした。

　車を静かに発進させた理恵がハンドルを右に切ると、電信柱に住所を見つけた。

　……さいたま市北区土呂一丁目一五番地……

「ここだっ」

　真新しいアパートが白く、お洒落に輝く。外壁の一部にレンガを用いてアンティーク調に仕上げられたアパートは、いかにもインスタ映えする。

　何事も無かったかのように運転を続けた理恵は五〇〇メートルほど離れた所にコンビニを見つけ、静かに車を停めた。ハンドルに両手をもたれかけ、深いため息を一つ吐く。そして、車から降り、低い空を見つめ上げげた。

「何で、ナンデ？　どうして、ドーシテ？」

マミーとの面会を手短にこなした浩司は土呂駅に近いこのアパートで待たせていた誰かを乗せ、ネオンに輝く銀座に向けて走り去って行った。

額に少しの汗を光らせながらカウンター席で煙草をふかしていたマミーは浩司との会話を思い出す。意味不明、支離滅裂な言い訳を続けた浩司にハラワタが煮えくりかえる。少しも悪びれず、笑顔で借用書を書いた浩司には返済の意思を感じられない。

……「あぁ、疲れたよ。もう、殺るしかないのかな」……

マミーが壁に向かって独り言をぶつけた。この時、理恵はまだ低い土呂の空を見つめていた。いつしか低い空は黒く重い天に変わっていたのである。

☆　☆　☆

「理恵が悪いんです。悪いのは理恵ですから」

「えっ、何を言ってるの？」

「僕は悪くありません。理恵が悪いんですよ。悪いのは理恵なんですから」

浩司が力を込めてマミーに訴えた。マミーは只々聞き続けるしかなかった。半年以上前に無心した五〇〇万円もの借金に対し、一銭も返していない浩司は、返済に関する話を一向に始めない。

「男って、仕事で遅くなる事がありますよねっ。そんな時、なんで、ナンデ、何でと何度でも、何時間でも、しつこく突っ込んでくるんです」

「あんた、何を言っているの。それはお金を返さない理由には関係ないよねぇ。今日はあんたと理恵の事を話しに来たんじゃないでしょ。何の件かわかるよねってＬＩＮＥ送ったでしょ」

マミーがやっと逆襲した。

「あんたに貸したお金よ。いつ返すのよ。いい加減にしなさいよ」

「いや〜その、だから会社が回ってないんです」

「そんなの関係ないでしょ。だってお金は会社に貸したんじゃない。浩司、あんたに貸したのよ。浩司が家を買うって言うから、ローンの頭金の見せ金にするからって。家は買ってないじゃない」

「はい。ローンの審査が、通らなかったんですよ」

「じゃあ直ぐに返せたはずよねぇ。何で直ぐに返さないのよ」

マミーの攻撃はリズムを上げた。二人だけの薄暗い店の中でマミーの声が壁にも当たり、天井にも当たった。いつもよりも少し甲高いマミーの声は店中を味方にした。上からも下からも、更に直接も浩司にぶつかり浩司の身体中を包み込んだ。

「はい、そうですよね〜」

「はぁ～？　何が、そうですよね～なのよ。意味がわからないよ。じゃあ、どう、どうするのよ。わたしだって借りて貸しているんだよ」

「はい、来月の二五日には銀行に申し込んでいる融資の結論が出るので、必ず連絡します」

その場で考えたとしか思えない言葉だ。追い込まれて、囲み込まれた浩司が発した言葉は一層、信用を薄くした。

「浩司、じゃあこの借用書にサインをしなさい」

「ぇえ、ぇぇ」

「借用書だよ。こんな書面なんて作りたくなかったけど、あんたが理恵と喧嘩して、それであんたがオンナを……早くここに書きなさい」

「理恵が悪いのに何でですか？」

「理恵とあんたの喧嘩と、お金の返済は関係ないわよ」

甲高かったマミーの声は低くなり、重くて冷たく響いた。

外は既に日が落ちていた。夕方を通り越し、行き交う自転車のライトが揺れながら小径に刻まれている。暗さに慣れた二人の瞳。灯りを持たない店の中でマミーの目だけが光っていた。浩司の目は、まるで他人事でも話すかのように力がない。釣り上げられた魚のように瞳が固まる。マミーが立ち上がり、天井からライトを下ろして浩司にぶつけた。浩司の大きな身体が強く照らされ、浮き上がる。

「早く、ここに書いて。早く書きなさい」

マミーは力強く、借用書とボールペンでカウンターを叩いた。

「わかりました。来月の二五日の結果がわかり次第、必ず連絡します」

「署名の下に、その二五日の事も書きなさい」

「はぁ……」

震える声を絞り出しながら浩司は記入を終えた。今更ながら、まだ〝理恵のせい〟と続ける浩司。そんな浩司には、男としての、いや人間としての魅力が微塵も感じられなくなっていたのである。

店を出ていく浩司をマミーは顔を見ずに背中で見送った。一方、浩司も振り返る事なく、ゆっくりと足早にアーバンに逃げ込んだ。浩司は大きな山を越えたかのように国道一七号を例の〝土呂〟方面に進んで行った。

その場だけしのげればよい浩司は笑いながらスマホで誰かと話す。片手でハンドルを操作し、土呂方面に向かった。


一方、コンビニの駐車場で長い時間、天《そら》を見上げていた理恵の身体はとうに冷えきっていた。夜空に煌めく星を見つめるわけでもなく、ただぼーっと瞳を泳がせている。そんな理恵を車に戻し、理恵に運転させて、二人はマミーの店に走った。

下を向く理恵の運転はおぼつかない。視線が固まり、視野が狭まる。しかし自分の心を理解している理恵は丁寧に運転を続けた。助手席でＧＰＳを確認していると……、……？　何だ？　おかしいぞ？……

頭の中に不思議不思議が並んだ。アーバンが戻っているではないか。土呂を出たはずのアーバンが大宮駅前からまた土呂に向かって走っている。

……浩司は忘れ物をしたのか？　誰かを迎えに大宮駅まで行ったのか？……

スマホを手にし、探偵事務所スタッフの生方に電話をした。生方は県警時代からの後輩である。

「生方、今、どこにいる？」

「はい、今、大宮駅で乗り換えました」

電車内の生方は小さな声で返答をしてきた。

「生方、次の土呂駅で降りてくれ。詳細は直ぐにＬＩＮＥする。見たらその通りに動いてくれ。急いでな」

「畏まりました。電話をすればいいんですね」

「電話している時間はないんだ。ＬＩＮＥを見てくれ」

……ＬＩＮＥ……「土呂駅東口を出て土呂一丁目一五番地でアーバンを見つけろ。もう直ぐ戻って来るかも知れないんだ。俺たちも一〇分で合流する」……

ＬＩＮＥを打ち終え、理恵に言葉を向けた。

「理恵、Ｕターン出来るか？　もう一度土呂に戻ってくれっ」

「戻るの？　何で土呂に戻るの？」

「いや、何となくだよ」

「ウソだ。何となくじゃないよね。アーバンが土呂に戻って来るんじゃない？」

「いや、ひょっとしたらトリックかも知れないぞ」

「だって、ずっとGPSを見てて、それから土呂にって。何かを読んでいるんでしょ？」

「理恵、慌てずに行こう」

「どうしたの？　なぜ、教えてくれないの？」

理恵は路地を右、右、右と曲がり、県道を左に出て土呂に急いだ。どっぷりと暮れた土呂の街が再び二人を迎える。

「理恵はマミーの店で待っててくれ。あとで連絡するから」

「イヤだ、あたしも一緒にアーバンを見たい。浩司を見たい。イヤだ、あたしも一緒にいたい」

運転しながら助手席に目をやり、心を覗き込んできた理恵はアーバンが土呂に戻って来ることを読み取っていた。

「マミーの店で待っててくれ」

「ん、ん、イヤだ」

「わかった。じゃあ理恵が降りないなら、俺も行かないよ。一緒にマミーの店に戻ろう。一緒に浩司が書いた借用書を見よう。マミーにその時の話を聞こう」
三、四回の言葉のキャッチボールのあと、理恵は静かに車を停めた。土呂一丁目一五番地の路上に。

「待っててね」

目で合図すると、小さな口で小さく返してきた。

「うん、頑張ってね」

「オッケイ」

理恵が運転する車が暗闇に吸い込まれるのを待って、一〇〇メートル先の交差点まで歩を進めた。

既に生方は到着していた。ぎこちない仕草で落ち着きのない不審者のように黒い顔を左右に振っている。

「おい生方、アーバンはまだ来ていないか？」

いつも通り、必要以上の単語が長い文章になって戻された。

「はい、お疲れ様です。社長、ＬＩＮＥを読みました。アーバンはまだ来ていません」

「生方、直ぐにスマホで動画撮影の用意をしろ。お前はここに立ち、ここから向こう側を撮れ。臨機応変に対応してくれよ」

「はい。承知しました。自分はここから向こう側を撮ればいいん……」

またも長い文章が戻ってきたので途中で右手を軽く持ち上げ生方を遮った。

「臨機応変に頼んだぞ」

今はかまっている時間がない。

生方が見張る逆の方向に視線を保ちながら深いため息を一つ二つ吐いた。三つ目のため息を吐いた時、眩しいライトが勢いよく近づいて来た。

「アーバンだ」

アーバンが近い事はＧＰＳから知らされていたが、やはり緊張が高まる。ドキドキと心臓が大きな音を鳴らし暗闇に響いた。

クルマを見ない振りをしながら左側を見、右耳だけでクルマを観た。動画撮影のスイッチを押し、胸のポケットにスマホを差し込んで、ゆっくりと背中を回しアーバン側へ身体を向けた。

アーバンは赤いストップランプが踏まれ続け、辺りが赤い。白いアパートからも跳ね返る。ブレーキを踏み続けているアーバンの様子から、直ぐに誰かが乗ると感じ取れる。だから慌てる時だ。その瞬間は近いに違いないから。

暗闇でスマホの前を何かが二つ横切った。黒いスーツ。角刈りな男。よく見えない。黒いコート。白いジーンズ。髪の長いオンナ。白いジーンズがやけに暗闇に映える。少し赤く染められて。アーバンのドアを片手で引きながらこちらに一瞬、目を投げてきた。こちらは暗い闇の中。目に留まるわけない。しかし一瞬、時が止まった。確かにオンナも動きを止めたのかも知れない。その後、何もなかったかのようにアーバンは暗闇にスピードを上げた。

アーバンが走り去るのを待って動画を再生してみた。ハッキリと捕らえていた。二〇代半ばのオンナ。茶髪を肩下まで伸ばしたスレンダーなオンナ。身長は一六〇センチ前後のオンナ。どこかで見た事のあるオンナ。刑事時代の事なのか。

スマホはもう一つ、ハッキリと捕らえていた。それは生方が鈍感にも、明後日の方向を見つめ、アーバンの到着に気が付いていない様子を。

……生方は何をしていたんだ……

……埼玉県警での刑事経験を活かして欲しいのに……

もう一度動画を再生し、確認してから理恵に送った。送って直ぐに理恵に電話をした。しかし、理恵は電話に出ない。再度電話をした。まだ出ない。暫く夜空を見上げていた。一五分して理恵からのLINEがスマホに飛び込んできた。

……LINE……「死にたい。殺したい。浩司、上等だよ」……

……LINE……「今、戻るから待ってなさい」……

……LINE……「うん。早く来て。早く。絶対に早く」……

「生方、駅前からタクシーに乗って来てくれ」

この時は珍しく小走りで駅に動いた生方は五分ほどしてタクシーに乗り戻って来た。

「運転手さん、蓮田駅方面にお願いします。出来る限りの急ぎで」

「はい、畏まりました」

タクシーは産業道路に向かって方向転換し、冷たい道路をヘッドライトで照らした。タクシーに乗って直ぐに理恵に電話をした。

「理恵、あと二〇分で戻るよ。頑張れ」

やっと電話に出た理恵はかすれた声で答えた。

「ありがとう、待ってるね」

理恵との通話を終え、生方に声をかけた。

「ところで生方、お前の撮った動画を見せてくれ」

いつになく胸を張る生方が笑顔で応えた。

「はい、これです」

生方の動画を再生してみた。激しく揺れる動画は黒い地面を捕らえている。ひたすら地面を。

一瞬、焦げ茶色の靴が見えた。動画はそこで止まっていた。

「生方君、君は何を考えてるの？　ブツブツブツ」

タクシーの窓から見える街路樹は皆、葉っぱを持たない。寒いであろう。しかし、震えていない。あと四カ月。いや、五カ月後の若い芽吹きを待ち、堂々と並び立つ。憎らしいほど力強く。

……理恵はどうしてるかな？　大丈夫かな？……

ふと足元に視線を下ろすと生方の動画に映っていた焦げ茶色の靴と同じ色の靴を生方が履いていた。

……こいつは何を撮りに来たんだ。あと五分。理恵、大丈夫かな……

☆

マミーの店に着く直前の踏切がタクシーに少しの間の停車を求めた。遮断機の向こう側に見え隠れする街に手が届かない。近いが遠い街。僅かな時間が長い。探偵の心をくすぐる。過ぎ行く電車が大きな音をたてた。まるで街にクラシックな音楽が降り注ぐかのような演出だ。

その頃、店では三人の客がカウンター席にグラスを並べていた。カウンターの内側にはマミーがいつもより少し暗い顔で立つ。だから三人の顔もいつもより少し暗い。理恵はボックス席で一人目を閉じていた。瞼には暑い夏の日が思い浮かぶ。あの幸せな頃。たくさんの笑顔が並んだ夏の日。その時、まだ理恵の目には映っていないものがあった。それは西の空から近づく黒い雲。

店前にタクシーが到着。直ぐに理恵が気付き、探偵を迎えに入口まで進んで来た。両の目にたくさんの悔しさを溜めて。あと一押しすれば流れ出そうなその涙は更に量を増やし続ける。そんな瞳を理恵が合わせてきた。優しい目で見つめ返すと一気に身体ごと預けてきた。胸に額を埋《うず》めるかのようにしがみつく。少しの時間をそのままで涙を流させた。右手を理恵の肩に回し呟く。

「頑張ろうな。これからだぞ。負けないぞ。一緒に戦おうな」

小さく頷いた理恵の額が何度も胸にぶつかってきた。右手を肩から外し、二つの手の平で理恵の頬を持ち上げた。

ゆっくりと上目遣いで見つめてくる理恵の目は既に決壊していた。堪えきれなくなった涙は一筋の流れとなり、止《とど》まる事なく溢れ続け、床に弾けた。

幾つかの視線を感じた。理恵の肩越しに見える向こう側に。カウンター席に並んだ三人の客が皆、首を右に回し、こちらを見ていた。更にカウンター席の内側からマミーが鋭い目つきで眉間にシワを寄せていた。音を出さない唇だけの言葉が飛んでくる。唇の動きだけで威圧するマミー。

……ウソでしょ、どういう事よ……

理恵の頬に置いた両手を一旦差し戻した。今度は背中を押すようにしながら、理恵をボックス席に導く。マミーはずっと睨んでいる。そんな事は気にせず、二人で並んで座った。ボックス席に座ると今度はカウンター席を後ろから追いかける位置になる。だから三人の客は首を元に戻し、何も見なかったかのように再びグラスを握った。しかしながら、マミーはまだ睨んでいる。

よく見るとカウンター席は四つの顔になっていた。三つの後頭部とは別に一つはこちらを見る黒い顔。いつの間にか生方がカウンター席に加わっていたのだ。

ボックス席まで飛んで来たマミーの視線に吸い込まれ、カウンター席の内側に導かれた。理恵をボックス席に置いたまま。仕方なく小さな声をマミーに発した。

「マミー、浩司はどうだった？　借用書にはサインしたのか？」

吊り上げた目で威嚇しながらマミーが低い声を発した。

「借用書の事はあとで話すけど、あんたたち、どうなってるの？」

大きな蛇が首に絡みついてくるかの如く、マミーが強く攻めてきた。冷たくヌルッと。

……蛇は……怖い。凄く怖い……

☆

生方が突然に大声をあげた。店内にいた全員が生方の指差す方向に慌てた。

「ウソでしょ。理恵、大丈夫？」

「大丈夫か？　理恵、理恵」

マミーと一位を争いながら理恵の元に急いだ。理恵が意識を失いフロアーに倒れていたのである。

マミーが叫んだ。

「救急車、救急車を呼んで――」

それに生方が続いた。

「もしもし救急車を一台お願いしたいんですが。はい、こちらは埼玉県蓮田市のマミーの店です」

「バカ野郎、生方。そんなんでわかるか。急げ――」

一〇分ほどすると救急車が赤い音を鳴らして近づいて来た。

を両方の手で独り占めにした。

いたから。生方はマミーを助手席に乗せ、救急車の後ろを走った。救急車の中では理恵の両手

救急車が来るまでの間、ずっと理恵の右手だけを両手で包み込んだ。左手はマミーが握って

生方は店の外に出、両手を用いてブロックサイン。赤い音を止めた。

「生方、誘導してくれ」

救急車が真夜中の病院に到着。理恵はストレッチャーに乗せられたまま処置室に吸い込まれた。一緒に入ろうとしたが看護師に止められ、救急隊から細々と聴取をされた。急病人との関係、最近の体調や生活の変化、緊急連絡先等を。

あとからマミーも到着し、救急隊との話はマミーが中心で進んだ。緊急処置室に入ったままの理恵はなかなか出てこない。

……どうなったのか？　意識は戻ったのか？……

マミーと二人きり、冷たいロビーに並んで座った。赤の他人のように何の会話もなく、時間だけがゆっくりと過ぎていく。

……理恵が心配でならない……

喉が乾き、身体が固まる。壁にかけられている時計の針がカチカチと響く。一時間ほどするとマミーだけが呼ばれ、処置室に消えた。もう一時間を一人で待った。

深夜の病院のロビーは、暗すぎて静かすぎて不安を募らせる。頭の中に消えかかった幾つも

の画像が甦ってきた。

タクシーが踏切で遮断された時、向こう側に見えた近くて遠い街。アーバンに乗り込む白いジーンズのオンナ。理恵とGPSを見ながら土呂の街に辿り着いた時、前を横切ったアーバン。理恵の頬を流れるたくさんの涙。店のフロアーに墜ちていた理恵。救急車の赤くて長い音。順番がバラバラになって脳裏を駆け巡った。更にこの時間、既にアーバンは銀座に到着している絵。オンナがグランドピアノを弾く絵。浩司がオンナの顔が見えるボックス席にゆったりと座り、グラスを握る絵。

たくさんの現実と憶測が絵になり、頭の中で暴れた。あの青木に連れられ、出会ったあの店の中に二人がいる。

さっきまで握りしめていた理恵の手の温もりを思い出しながら、心に力を込め、理恵に《気》を送る。

……勇気……元気……強気……

すると全ての画像が頭から離れていった。


処置室のドアが開いた。

「浩司を呼び出して。病院に来てっつってぇ。浩司を誘《おび》きだしてぇ」

ストレッチャーに寝かされた理恵が、マミーと一緒に出てきた。黒い瞳を尖らせている。

〝浩司を呼んで〟を繰り返す理恵。

マミーは理恵の希望を受け、浩司に電話をするためにロビーの端でスマホを手にした。

ＴＴＯＯＰＰ　Ａではグランドピアノがゴージャスに奏でられていた。オンナ・彩乃が笑顔で弾く。その時、浩司のスマホがピアノに負けないボリュームで響いた。

「浩司、今、どこにいるの？　理恵が倒れたのよ。直ぐに来て。病院に来なさい」

「いや、今日はムリですよ。ごめんなさい。今日は得意先の接待旅行で千葉の鴨川にいるんですよ。今日の旅行の事は理恵に話してありますよ。理恵は知っていますから」

「ウ、ウソでしょ？　さっきまで蓮田の店に来てたじゃない。ギン・ザじゃないの？」

「えっ？　いや、ムリ、ムリなんです。行けても明日の朝一〇時頃になりますよ」

理恵の容態を尋ねる事なく、浩司は自分の都合ばかりを一方的に語り続けた。オンナのために。

理恵が担ぎ込まれた久喜市の病院と銀座との距離はクルマで二時間。深夜の首都高速、東北自動車道を使えば、午前二時には到着できるはず。仮に百歩譲って千葉の鴨川としてもせいぜいプラス二時間で到着出来る。

支離滅裂でその場凌ぎの浩司のウソが、マミーから病室で待っていた二人に告げられた。三人はお互いに顔を見て少しだけ笑った。理恵の笑顔を見て少し安心はしたものの、理恵の容態はどうなのか。医師から正式な話を聞きたい。まだ真夜中である。朝になって説明されるのか？

彩乃と一緒に銀座のＴＴＯＯＰＰ　Ａに居続ける浩司はマミーからの電話のあとも動かない。あの青木に連れられてオンナと出会ったあの店に根を下ろした。

ＧＰＳの効果は素晴らしい。その後もＧＰＳは銀座から動かない。浩司はまんまとウソを並べさせられた。浩司のウソはＧＰＳに暴かれたのである。

マミーの店の近くの遮断機は電車が過ぎれば開通する。しかし、この日以降、理恵の心の遮断機は二度と開かなくなったのである。女房が倒れても浩司を誘惑し続けるオンナ・彩乃。それに乗せられる浩司。忽然と現れた黒い青木。

第三章　雨のマンション

亜紀に預けたままの雅弘と紗央莉が気になり、マミーは病棟の個室を出た。亜紀はマミーの店を時たま手伝う。子供たちにも人気で、マミーの最も大切な仲間の一人である。僅かに微笑み始めた理恵を見て安心し、孫への思いを巡らせ始めた。

「子供たちは大丈夫かな？　亜紀ちゃんにもすっかり迷惑をかけたわ」

マミーはそう言い残すと、一礼をして病室をあとにした。マミーがいなくなり、二人は堂々と二人きり。一晩中理恵に寄り添い、点滴の僅かな音を聞きながら理恵の顔を見つめた。目を微かに開いては静かに閉じる。静かに開いては微かに閉じている理恵の目は、たくさんの涙を伴っている。複雑な理恵の心を瞳は正直に表していた。暫くそんな時間が流れた。

少し落ち着きかけた理恵は目を開けてはGPSを覗き、今度はこちらを見つめ、柔らかい瞳を投げてくる。いつしか深い闇は白々となり、霧を伴って新しい朝をもたらした。

その頃一台の白いアーバンが病院に近づいている事をGPSが二人に示していた。

『もし病院に行けたとしても、朝一〇時頃ですよ』浩司が話していた時間より二時間も早い。アーバンが病院の駐車場でエンジンを止めたのである。

ＰＴＳＤ（心的外傷後ストレス障害）と診断された理恵は何を信じたらよいのかわからない。最愛の夫・浩司にオンナを作られ、金をも蝕まれた。二人の子供たちの生活にもたくさんの影響が出始めている。

「パパ……まだぁ……いないネ……」

紗央莉が毎日のように問いただしてくる。それを聞いた雅弘は毎日のように下を向いている。理恵もしどろもどろの連続だ。頭の中にも涙が浮かび、浩司への憎しみで心がパンパンになっていた。更に昨夜の現行犯を動画で確認。理恵の心と身体は深い傷を負っていた。

「理恵、もう直ぐ浩司が病室に来るぞ。アーバンが駐車場に。大丈夫か？」

たくさんの心配とたくさんのヤキモチを持って理恵に尋ねた。

「全然大丈夫だよ。会うわけないじゃん」

「えっ？　どういう事？」

「だってあたしの病気って、浩司が原因のストレス傷害だよ。障害じゃないよ。傷害だよ。だから面会謝絶だよ」

「えっ？　面会謝絶って？」

「浩司だけには、面、会、謝絶だよ」

「お医者さんが言ったのか？」

「違うよ。あたしが決めたんだ。浩司に会ったら、心の傷が深くなるよ」

理恵は決して華奢な女ではない。自分で浩司を呼び出しておいて、自ら面会謝絶の札を叩き付けたのである。

ナースステーションに辿り着いた浩司は、ただただ慌てた。看護師に入室を咎《とが》められたから。慌てながら、自問自答を繰り返す。

……なぜ会えない？　どうして？……

せっかくたくさんの言い訳を考えてきたのに誰にも聞いてもらえない浩司。

……もしかしたら、バレているのか？……

……俺が銀座にいたのが？……

……まさかＧＰＳ？　俺にＧＰＳが付けられているのか？……

駐車場に戻った浩司はクルマの下を覗き込んだ。しかし、見つけられない。ＧＰＳを見つけられなかった浩司は病院を出て再び土呂方面に走り始めたのである。

ベッドに横たわり、スマホでＧＰＳを見ていた理恵がこちらに視線を投げてきた。点滴が刺さったままの左手を伸ばす。彼女の左手を受け取り唇を乗せた。理恵は少し笑いながら小さな声で見つめた。

「バカ。バ・カ」

暫くの間、理恵の温もりを唇で感じ続ける。すると、左手は少しだけ力を増して握り返してきた。

「ずっと、ずっと助けてね」

ノックも無く病室のドアがスライドした。

「はい、失礼します。朝の検温です」

突然の看護師の襲来に、二人は慌てて姿勢を正す。理恵は眉間のシワを伸ばして天井を見つめ、笑って泣いた。

「あっ、いけねー。生方の事を忘れてたよ。生方と少し食べて、一旦、帰宅させるよ。急いで戻るから待っててくれ」

理恵は言葉を発さず、唇だけで応えた。

「うん、早くね」

駐車場で捜しても生方を見つけられない。スマホも繋がらない。少し辺りを歩いてみると車内でぐっすりと寝込んでいる生方を発見できた。既に生方は、体力もスマホも充電切れだ。勢いよくドアを開け生方を起こした。

「生方、時間が無いんだ。急いで何か食べよう。駅前の牛丼屋でもいいか？」

「はい、わかりました。いつ誰が来るかわからないから、僕は病院の裏路地に隠れてました」

生方は少し背筋を伸ばし、自慢気に発言したが、寝ていただけにしか感じられない。聞き流してあげた頃には牛丼屋に到着。店内に入り、カウンター席に腰を置いた。

「早い物にしようぜ……お願いします……牛丼の普通盛りをください」

慌てている様子に店員が素早く反応してくれた。

「畏まりました。少しお待ちくださ〜い」

「生方はどうする？」

「はい、僕は……えーっと、僕は牛すき焼き鍋定食をお願いします」

……K……Y……KY率一〇〇％……

牛丼を一気に飲み込み、生方を見やると、生方は嬉しそうに割箸を二つに割っていた。

……ウソだろ、コイツこれからかよ……

☆

三日間の入院を続けた理恵が退院する日、三日ぶりに理恵の目を見た。

「何で来てくれなかったの？　マミーも全然来てくれないし」

「そうか、それは淋しかったよな。ごめんごめん。ずっと青木の事を調べていたんだ」

理恵の瞳は穏やかに光る。

「えっ、青木の事？」

「そうだよ。理恵、びっくりするなよ」

「えっ、何がわかったの？」

「実は青木は今年の六月まで刑務所にいたんだよ。それも八年間もだ」

「ウソでしょ？　だって浩司は去年、名刺交換をしたって言ってたよ」

「いや、間違いないんだよ。とりあえずこの話はあとでしよう。理恵は知らない事にしなさい。

それからもう、青木の事を調べてはダメだよ。危なすぎるから」

使っていたベッドのシーツを綺麗にたたみ、ナースステーションに挨拶をした二人は病室をあとにした。


退院の手続きを終え、いつものファミレスに向かった。師走も半ばを過ぎ、街を行き来する人は皆、忙《せわ》しく道を急ぐ。冷たい風が理恵の頬を赤く染めた。

「もう、こんなに寒いんだね。たった三日間なのに季節が変わったって感じるよ」

会話を続けながらファミレスの入口を通過すると、店内の遠くにマドンナの視線を感じた。

昼時を過ぎ、空席ばかりの店は二人の話し声を遮るBGMがない。二人は自ずと声のボリュームを絞った。

「今日は大切な話をしなくちゃならないんだよ」

「あたしもたくさん話したいんだ」

二人はこの時、同じ内容を考えていた。

「GPSがこの三日間、全く……」

「そう、全く動いてないんだよねっ」

「そうだ。浩司の会社で止まったままだ」

「三日間も動かないわけないよねっ」

「バレたな。GPSがバレたと考えるべきだな」

「そうよね。あたしが浩司を呼び出しておいて、浩司を面会謝絶。家族が会わないなんてあり得ないよね」

……仕掛けられたかな?……

浩司はそう考え、面会謝絶された事を青木に相談していたのである。

「GPSがバレたなら、それはそれでいい。まだまだ作戦はたくさんあるさ。これからの我々の動きには充分に気をつけよう」

「うん、気をつけよう」

絞ったはずの声のボリュームは、いつしか木枯らしに負けないほど激しくなっていた。

ドリンクバーだけのオーダーで三時間もねばった二人は、ファミレスを出て浩司の会社に向かった。

「理恵、マミーに今日の退院を連絡したのか?」

「してないよ」

「じゃあ今日、帰らなくても、いや、帰さなくてもいいか?」

理恵が助手席から視線を投げ、返答した。

「う、うん。了、解、です」

「ありがとう。じゃあ先ず浩司の会社の前を通過するぞ。アーバンを見てくれ」

二〇分くらい走り会社に近づいた。理恵が鋭い目つきで辺りを窺《うかが》う。

「なっ、ないよ」

「なるほど。やっぱりないか。じゃあ今度は理恵の自宅マンション前をゆっくり走るぞ」

「うん」

マンション五階の角部屋が理恵の自宅である。この部屋がよく見えるコンビニの駐車場に車を停めた。寒い師走の夕方は早い。冷たい風がコンビニから出てくる客を苛《いじ》め、肩をすぼませていた。

「あたし、あの部屋に帰りたくないよ。辛いよ。殺したい。いや、死んでほしい。誰か殺って。事故でもいい。火事でもいい」

返す言葉が見つからなかった。返す気持ちもなかった。その時、いきなり理恵の部屋が激しく光った。シンバルがぶつかり合ったかのような激しい音が二人の頭の中で響く。

「えっ？　ウソでしょ？　見た？　見えた？　見えてる？　電気が灯いたよ……」

頭を少し動かして頷いた。

「マンション前を通るぞ」

「やっぱり。あったね、アーバンが」

ＧＰＳの位置情報は、浩司の会社を示し続ける。しかし、アーバンはマンションの駐車場にあった。さっきとは反対側の二〇〇メートルの所からもう一度マンションを見上げた。

鈍く光る角部屋から光が消えたのは一五分後。二人は少ししてからマンションの駐車場前を通過した。アーバンは既になかった。ＧＰＳは浩司によって外され、会社に置かれたままなのだろう。

「こ、浩司のヤツ……」

「理恵、今晩どうする？」

「どーしようか？」

「こんなに暗くなってからの退院なんてないよな」

「……」

「でも、子供たちが待ってるぞ。やっぱり今日はマミーの所に帰りなさい」

助手席に座っている理恵は、信号が赤に変わるのを待っていた。理恵の気持ちを心に感じたので、ゆっくりと走り、交差点を黄色で停まってみた。少しでも長く二人きりの時間を作るために。探偵の心の鼓動は真冬の木枯らしより遥かに強い。額から出た汗が鼻先で光った。信号が青になり、ゆっくりとアクセルを踏み込んでみた。

「ばか、バカ、もう行くの？」

こちらを見つめる理恵の右手に唇を乗せ、僅かに口を動かした。

「ありがとう。唇が熱いよ」

たくさんの涙を溜めた目で冷たい街並みを見つめ、理恵がささやいたのである。

マミーの所に帰ってみると、家にも店にもマミーや子供たちの姿がない。

「あれっ、どこに行ったんだろう？」

理恵が珈琲を落とし、店中にカフェインを漂わせた。店で待ちながら二人で冷たい店を暖めた。ずっと、店で待っていたかのように。

ほどよく店が暖められた頃、三人が帰って来た。理恵を見つけた雅弘と紗央莉は大声で泣き、まっしぐらに飛び込んだ。理恵も大きく泣いた。探偵は視線を天井に逃がし、暫しの時を流させた。

泣き終えた雅弘が理恵に見せた。

「ママ、見て。デパートでマミーに買ってもらったんだよ」

「えっ？　何これ？」

「ハムスターだよ」

「ウソでしょ。何でネズミなんて買ってきたのよ」

マミーが笑いながら言った。

「ハムスターと蛇とどっちにしようか悩んだんだよねっ。命の大切さを教えようかと思ってさ」

理恵が呆れて頬を膨らませた。

「バカじゃないの」

一同の涙は大きな笑い声になり、暖かい店から師走の街に響いた。

☆

三日ぶりにマンションに帰った三人は部屋の中を見てびっくりした。素直な雅弘が大きな声ではっきりと言ってしまったのである。

「あっ、パパの靴が少ない。パパの服が無くなっている」

既に異変に気付いていた理恵は、雅弘の言葉を否定できない。小学生である雅弘も、なぜ少なくなったのか、その原因をわかっていた。

冷めきった部屋は徐々に暖められていったが、理恵の心は冷める一方。それはクローゼットを開いた時、浩司が大切にしているスーツたちがどこかに連れ去られていたから。

「ぼく、明日、学校だよね？　学校に行けるんだよね？」

雅弘に理恵は下を向いたまま言葉を返した。

「明日は学校だよ。マサ、頑張ってね。ずっと、ママと一緒にいてね。お願い……」

言葉の最後はテーブルに落ちた涙の音によってかき消された。

翌朝、登校して行く雅弘のランドセルが遠くに進まない。立ち止まっては振り返り、進んでは少し戻る。

「僕が学校から帰って来ても、ママはいるよね？　また病院とかどこかに行かないよね？」

「マサ、大丈夫だよ。お家で待っているからね」

「うん」

五階の部屋に戻った理恵はクローゼットや靴棚をたくさんの写メに残した。何枚も何枚も。なぜなら、この日も早朝からアーバンがまた怪しく動き始めていたからである。

……何かが違う……何かが動く……

アーバンは取引先や銀行等にも停まった。しかし、動く範囲はごく狭く、ほとんどが会社やその近隣地区だけを示していた。

……いや違う……何か違う……何だろう？……

夕方になり理恵は車でスーパーに向かった。財布を忘れた事に気付き、一旦、とんぼ返りした。その時、マンションの駐車場で見たのである。アーバンが猛スピードで走り去るのを。

……ウソでしょ。えっ、どーいう事？　なぜ、いきなり逃げた？　いや、なるほどだよ……。

この時もＧＰＳは取引先に止まったままだ。

《アーバン＝違う＝ＧＰＳ》……違う……が証明された瞬間だ。

やはりＧＰＳはアーバンから外されていたのである。しかし、

……なぜ、逃げた？　猛スピードで？　自分の家なのに？……

部屋に戻りクローゼットを開け、さっきの写メと比べてみた。すると、また減っていた。スーツと靴が。

……「でも、何であたしが買い物に出る事や戻って来る事がわかったのかな？　なぜ、あたしと鉢合わせしないの？　不思議すぎる。えっ、もしかしたら、まさか、あたし、付けられてる？　あたしに？　あたしの車に？」……

理恵は独り言を呟きながら路駐したままのボックスワゴンの下に頭を潜らせた。

……「やっぱり。あったよＧＰＳ。ＧＰＳだっ」……

理恵の眉は吊り上がり、瞳は尖った。

今度は浩司が理恵にＧＰＳを取り付けて、理恵の行動を観察していた。理恵の不在時を見計らい、浩司は自分のスーツやネクタイ、靴等のアイテムを持ち出そうとしていたのである。

お互いにＧＰＳを付け合っている二人には、あの真夏の太陽なんて、もう一〇〇年も前の話であった。


ままごとセットで一人遊びをしていた紗央莉が、スマホを弾く理恵を不安そうな目で見つめた。

「もしもし、あたしだけど。今日会える？　今から迎えに来れる？　あたしの車は家に置いておきたいんだ」

「理恵、どうした？　とりあえず急ぐ。二時間くらい待てるか？　迎えにいくよ」

「ありがとう。詳しい事はその時に話すね」

電話を終えた理恵は、今度はマミーに発信した。

「もしもし、マミー。今日も子供たちを預かってもらえる？」

「ウソでしょ？　今日も店を休めっていうの？　もう仕込みをしているんだよ」

「マミー、お願い」

「わかったわよ。全て浩司のせいよ。アイツの事、絶対に許さないから。絶対に……」

マンション近くのコンビニで合流し、子供たちをマミーに預け、二人きりになった車は行き先を探した。

「理恵、今日はたくさん話そう。朝までだよ。ずっとだよ」

「朝まで、話すだけ？　二人きりなのに？」

理恵が蕩《とろ》けた瞳で呟いた。

「？　えっ」

「バーカ、ウソだよ。あたしもたくさん話があるんだ」

二人を乗せた車は真っ暗な公園の駐車場に停まった。たくさんの星が真冬の天に素敵に光り二人を見つめる。

「あのさぁ、理恵、青木の事なんだけど……」

流れ星が一つ、二人の背中を追い越し、フロントガラスの向こう側に溶けていった。

☆　☆　☆

「実は浩司と青木が最初に出会ったのは一三年前だったんだよ」

「えっ、一三年前って、あたしが中学二年の時だよ。どーいう事？　去年、初めて出会って名刺交換をしたんだよ。それが青木の登場だよ」

「あのね、理恵。高校を一年で辞めた浩司は色々なバイトをした。転々と。親に心配をかけたくない。だから、少しでもたくさんの金を稼ぎたくて。しかし、バイトも長続き出来ない。何をやっても直ぐに飽き、直ぐに辞める。元来、不良ではなかった浩司は中学時代の悪い仲間とつるんでも長続きはしない。直ぐに不良グループからもハブられた」

「うん、それで」

目を丸くした理恵が瞬きを止めて顔を近づける。じっとしたまま耳で吸い込んだ。

「一人で一晩中ゲームセンターにいる事もしばしばだった。そこにいつも見かけるちょっぴりヤンチャ風な男、青木もゲームセンターによく現れていた。そんな青木が浩司に声をかけてきたんだよ。『兄ちゃん、元気か？　よくこのゲーセンで会うよな。何かつまらなそうな顔しているけど、暇なのか？　いいバイトがあるぞ。手伝わないか？　もちろんカネだってハズむぜ。メシもゴチするぜ』テンション高く一方的に話し、浩司に断る隙間さえ与えない青木だ。『荷物を運ぶ仕事だよ。宅配屋さんみたいな事だよ』今で言う、ブラックバイトだ。少しヤバいかな？　でも、金のためならと考えた浩司は……」

「えっ、浩司はやったの？　えっ、運んだの？　何を？」

助手席の理恵は背中を起こし、身体を捻って耳を立てた。

「たぶん小さなバッグに入った白い粉を。新幹線で新大阪まで運び、帰りには少し重いバッグを受け取ってくる。そんな仕事だったんだ。中身は正確にはわからないが、覚醒剤と多額の現金だったのだろう」

「浩司は中身を知ってたの？」

「いや、わからない。いや、知らない事になっていたはずだ」

「まじ？　怖い話だよ」

「一回の仕事代は、交通費込み二〇～二五万円だったらしい」

「えっ、二五万円も」

「そうだよ。一七歳の浩司にはデカい金だ。それも月に四、五回のペースで」

「ウソでしょ。一〇〇万円以上じゃない」

「でも、浩司は金を貯められなかった。この頃に過剰な浪費癖がついてしまったんだな。浩司が手伝い始めて半年が経った時、青木が警察に捕まったんだよ。埼玉の小さな居酒屋の店内で逮捕された。挙動不審な青木は以前から警察にマークされていたんだ。覚醒剤取締法・覚醒剤使用の罪でね。その時、警察は白い粉を見つけられなかった。覚醒剤で二回目の逮捕だった青木は懲役三年の実刑。ブツが出なかったから、捕まったのは青木だけ、単独犯として。青木の仲間は勢い良くバラバラに散っていったよ。浩司は運よく、大阪に出張中だったから、取り調べすら受けていない。浩司はやっと青木から解放されたんだ」

「怖い。怖すぎる」

「真面目にコツコツやる事がいかに大切であるかを感じた浩司は一九歳の時に運送会社に就職。たくさんの事を学んだ。たくさんの努力をして去年に独立。会社を興した浩司は毎日毎日、色々な人と名刺を交換した。人脈形成は財産と考えていたから。つまりいつ、誰と名刺交換したなんて全然覚えてないのさ。とは言っても、背伸びして始めた会社だから、最初から経営は厳しい。更に従業員が交通事故を起こしたりして、資金繰りは益々悪化していった。金に困った浩司は悪いサラ金、いや、闇金《ヤミキン》にも手を出してしまったんだ。一度でも闇金業者に相談すると、ヤツ等のブラックリストに載ってしまうらしいぞ」

「えっ、そんな所にも借りてたの。お金を借りるって……怖い、怖すぎる」

「そう、青木は全ての情報を闇金から得たんだ。闇金とは客を助ける振りをして、客をカモにし、谷底に葬る仕事だ。青木の本名は、アヤモト。彩りに本と書いて、彩本だよ」

「アヤモト？　アヤモトって聞いた事があるような名前だなぁ。いや、間違いかな？　気のせいかな？」

　無理して会社を設立した浩司の背中にはたくさんの債務がのし掛かっていた。そんな状況の中でも、夢のマイホームを目指した浩司にはわけがあった。

　オーバーローン。頭金の五〇〇万円に加えてもう七〇〇万円のキャッシュバック。このバックマネーは、本来の住宅購入価格に上乗せし、ローンを組んでもらう。

　これにより、社員が起こした交通事故やその他の借金に七〇〇万円を充てられると考えたのだ。

　ローン審査が通ると早合点を踏んだ浩司の作戦は当然ながら外れた。経営が逼迫している会社に対してのオーバーローンは直ぐに銀行に否決される。全ての当てが外れ、マミーに借りた金も返済出来ない。

この時、このタイミングで青木が登場したのだ。

『……全て俺に任せておけ……』

浩司は青木を信用し、青木に人生を預けた。そして深みにはまっていく。浩司を信じていた理恵は何も知らなかった。しかし、真実が徐々に剝がされていく。

理恵は首を斜めに上げ、車の天井を見つめた。

「テンション高く一方的に話す彩本は、この時も浩司に疑う隙間も、言葉を挟む時間も与えなかった。直ぐにたくさんの接待をされ、小遣いまでもらった浩司は、更にオンナまで紹介された。その紹介されたのが彩乃というオンナだ」

大きく口を開けて聞き入っていた理恵が尋ねる。

「何でわかったの？　凄い情報だね。どうやって調べたの？　探偵ってそこまでわかるの？」

「大学の時の親友で、神田で金貸しをしている奴がいるんだ。そいつに今回の事を話して調べさせたんだよ。三年間の懲役を終え、出所した青木は翌年、今度は大量の覚醒剤をカナダから密輸して捕まり、またも実刑。この時は懲役八年の判決。半年前に釈放された」

「浩司は青木が彩本だと気が付かなかったのかな？」

「青木は狙って浩司に近づいているからわかっているが、浩司は一三年ぶりの青木を彩本とはわからなかったんだろう。最初はねっ。でも、話しているうちに気が付いたはずだよ。テンション高く一方的に話す青木に。神田の友達は、青木の事を知っていたよ。それに浩司の事もよく知っていたんだよ」

「えっ、浩司の事も？」

「浩司は金融屋のブラックリストに載っているからね」

「そうか。なるほど」

「青木は〝青ヘビ〟って呼ばれてて、闇金業界では有名らしいぞ。獲物の首に巻き付いたら牙を剝き、離さないって。この五カ月で一千万円以上の金を青木に抜かれてるよ。浩司の会社は」

「えっ、そんなに？　彩乃も青木が仕掛けたワナなの？」

「そうさ。彩乃が働いているのは銀座の店、ＴＴＯＯＰＰ　Ａ。Ａは青木のＡだ。青木は、この店を上手く利用している。更に店のママの名前はサツキ。〝彩り〟に月と書いて、彩月だ。アヤノも同じ〝彩り〟を使った名前、彩乃だ」

「Ａは、青木のＡじゃなくて、彩本のＡなのね」

「まぁ、そうだな」

「じゃー浩司は被害者って事だよね？」

「理恵、それは違うよ。被害者は理恵、雅弘、紗央莉だよ」

「マミーもだよね」

男と女。真夜中の車の中で話す二人はロマンチックではない。ドラマチックな話に夜明けが近づいてきた。

二人はオールで営業しているファミレスを求めて移動した。冷たい風が低い天の下で暴れているのか、信号で停まると葉っぱを持たない裸の街路樹が寒そうに揺らされていた。

国道一七号を暫く下ると、黄色に光るファミレスの看板が目に入った。駐車場の一番奥に車を据える。

今度は理恵が瞳を投げてきた。

「あたしが入院している間に、マミーは子供たちをデパートに連れて行ってくれたじゃない」

「うん、行ってたな」

「何でマミーはハムスターなんて買ってきたんだろうね？」

「マミーも精神的にかなり疲れているんだろう。まぁ、蛇じゃなくて良かったけど」

「まじ、蛇もハムスターもイヤだよ」

「ところで理恵の話はどんな事だ？」

「あのね、あたしの車にＧＰＳが付けられていたのよっ」

「えっ、どういう事？」

理恵の飲んでいる珈琲カップを右手から奪い取り、理恵の唇の位置を探して同じ場所から残りの珈琲を飲みきった。すると、理恵が小さな口で笑った。

「バカじゃないの……バカ」

「ＧＰＳ？　理恵の車にＧＰＳが付けられていた？　ウソだろ。何でわかったんだ」

「それはね、あたしが退院して夜にマンションに帰ったでしょ。そうしたら浩司の荷物が減っていたのよ。直ぐにあたしも雅弘も気が付いたんだ。浩司は着々と荷物を移動させているなって。あたしの目を盗んで。だから朝になって雅弘が学校に行ってから、あたし、写したのよ。クローゼットと靴棚の中身を。どんなふうに変化するのかなって。どうやってあたしの目を盗むのかなって」

「理恵、おまえが怖いよ。青木より怖すぎる……」

「怖い？　あたしが？　ふっふっふっ。あたしは怖いよ」

理恵は小さく笑いながら瞳を光らせた。ひょっとしたら、青木よりもマミーよりも怖いかも知れない。

「夕方になってスーパーに行ったんだけど、忘れ物に気付いて一旦、マンションに戻ったのよ。そーしたらアーバンがマンションの駐車場から急発進で逃げて行ったんだ」

「えっ、逃げて行った？　どういう事？」

「部屋に入って直ぐに比べたの。あたしが朝、撮った写メとクローゼットの中身を。やっぱりまた減っていたのよ。スーツと靴が。何で、あたしが買い物に行く時間や帰ってくる時間がリアルにわかるの？」

「不思議だな。何で浩司にわかるんだろう？」

「でしょ。だからあたし、潜ったんだ。あたしのボックスワゴンの下に」

「あったのか？」

「うん、あったんだよ。あたしのボックスワゴンの下にＧＰＳが。あたしたちが浩司に付けていたのと同じＧＰＳがっ」

「まじか」

「どーしよう？」

「うーん、理恵、そうだな、うーん。とりあえず理恵は気付いていない事にしておこう。それで上手く付けたり外したりしながら、浩司を揺さぶってやろうぜ。浩司は理恵がマンションにいる時は近づいて来ないはずだ。少し焦らせてやれば、慌てて動くだろう」

この事件で二つ目のＧＰＳの登場であった。二人の長い作戦会議は師走の遅い日の出をも通り越した。店内にはクリスマスをモチーフするＢＧＭが流れている。然れど、二人はお互いを見つめ合い、お互いの声しか聞こえない。

「理恵、明るくなってきたね」

理恵は返事をせずに会話を続ける。瞳は尖り、眉間には深いシワがよった。

「あー悔しい。悔しい。もう一度、ＧＰＳを浩司に付けたいよ」

「理恵、悔しくなんかはないよ。付けようぜ。アーバンにもう一度」

「えっ、どーいう事？」

「もう一つＧＰＳを用意しよう。そうすれば油断した浩司はもっともっと彩乃に接近するぞ。彩乃にも青木にも」

朝九時になるのを待ち、レンタル会社に電話をした。

「もしもし、ＧＰＳをもう一つ、追加で送ってください……」

「……×〇……※×……◇☆……です」

「わかりました。四日後の金曜日の午後に到着ですね。宜しくお願いします」


「理恵、金曜日にGPSが来るぞ。四日間、浩司を泳がせよう。それまで理恵はなるべくマンションにいなさい。理恵に付けられているGPSは意識しなくていいぞ。金曜日の夕方に電話するよ。四日間近づけない浩司は必ず動くよ。ボックスワゴンが動けば、浩司は必ずマンションに来るはずだ。理恵は車で動き、マミーの店に車を停めなさい。その時、俺たちはマンションが見えるコンビニの駐車場で待機だ。アーバンが動くぞ。マンションに来るぞ。理恵の部屋の灯りがついたらアーバンのスペアキーで車内のシート下に付けよう。まさか三つ目のGPSがあるなんて浩司は考えないだろう。浩司は必ず来る。必ず動く。必ず」

「なるほど。流石、ナイスアイデア。わかった。でも、何か怖いよ」

「理恵、どうした？」

「全てが見えてくるようで怖いよ」

「じゃあやめるか？　それとも攻めるか？　理恵、お前が決める事だぞ」

「怖いけど、あたしが今更やめるわけないでしょ。全てを暴いてやる。全てを」

理恵は額に青い血管を浮き出させ、眉間のシワを更に深くし、したたかに笑った。

「理恵、顔が可愛くないよ」

「うるさい。うるさい、うるさい、うるさい」

ファミレスに飾られているクリスマスイルミネーションを睨みつけ、理恵は言葉を吐き捨てた。

「あたしにクリスマスなんて、要らない××××××」

派手やかなクリスマスイルミネーションが街角でうるさく輝く。考えたくもない今年のクリスマス。思い出したくもない去年のクリスマス。音も色も全てがうざい。

……あの真夏の頃は幸せだったのに……

しかし、二人の子供たちに親の責任によるプレゼントの不渡りは出せない。むしろこんな時だからこそ、世間より大きなプレゼントをしたい。理恵の優しいママ心だ。

そんな最中、理恵に一足早いプレゼントが届いた。

……ママへ……クリスマスプレゼント……雅弘より……

雅弘は理恵の知らないうちにサプライズを用意してくれたのだ。

『肩もみ五回券』

「マサ、ありがとう」

雅弘は毎日、理恵の尖った顔を見つめている。理恵の体重は激減し、頬も痩けてきた。瞳の輝きも持たない。雅弘は小学生でありながら、大人以上の感性に発達してしまった。そんな雅弘は八歳にして一家の大黒柱になりたい、ママを助けたいと考えての肩揉み券。理恵が押し殺していた涙は堰を切り、勢いよく床に弾けた。

金曜日になり三つ目のGPSが到着した。予定通り、理恵の車をマミーの店に置き、二人でマンション近くのコンビニで待機した。五階の角部屋が見える場所に。

待つ事、四〇分。理恵の部屋が光を持った。浩司が部屋に入ったのである。

「浩司君、はまったな。まんまと来たよ」

「うん、来たね。あたし付けてくるね」

「気をつけて。急いで済ませなさい」

「任せておいて」

気合いの入った理恵が小走りでアーバンに向かう。冷たい風を掻き分け猛然と動いた。もうスーツが減ったとか、靴が少なくなったとかは関係ない。とにかくこの日の目標はGPSの取り付けだ。この事件に出てくる、三つ目のGPSを取り付ける事。

理恵と二人で決めた。最初に理恵とアーバンに取り付けたGPSをX1。浩司がボックスワゴンに取り付けたGPSをX2。再度アーバンに取り付けるこのGPSをX3。二人で決めて言葉を短くした。X1、X2、X3と。今回の目的は、X3をアーバンに取り付ける事である。迷う事なくスペアキーでアーバンの車内に侵入し、運転席のシート下にX3を装着した。仕事を終えた理恵は車内を物色。すると、助手席に予期せぬ物を見つけた。

……大一不動産マンション事業部……

封筒に印刷されている住所は、埼玉県春日部市中央二丁目一八番地。今までに聞いた事がない会社名。春日部も知らない街。

「かすかべ？　えっ、なんだろう？」

……封筒の中身が見たい。見たいが時間がない。いつ浩司が戻って来るかわからない……

だから一〇秒間だけと決めて封筒を覗いた。

《マンション賃貸契約書》

「えっ……」

びっくりした。三秒間も経たずに、震える手で助手席に戻した。

「ウソでしょ？　どーいう事？」

理恵は慌てながらも、すかさず写メを一枚。緊張していても理恵の行動力は、母親・マミー譲りだ。


理恵が車に戻って来た。いきなり深いため息。

「あのね、マンションの……」

理恵に少しの間、言葉を待たせ、五〇〇メートルくらい走った所に車を移動させた。既に理恵の頬は涙で光っていた。

「あのね、もうダメだ。ダメなんだよ。浩司のヤツ、マンションを借りたみたい」

上目遣いに瞳をぶつけてきた。

「お願い、殺して浩司を。殺して」

「冷静になれ。お前には雅弘と紗央莉がいるだろ。バカ者のために自分たちがバカをする事は出来ない。正々堂々と正攻法で戦おう。さぁ、マミーの所に帰ろう。子供たちが待ってるぞ」

理恵は助手席のウィンドウを下ろし冷たい空気を吸い込みながら、遠くの空を見上げた。そして一つ間を開けてから口を動かした。

「確かに。そうだよね。子供たちがいるし……」

小さく頷いた理恵はGPS画面を見た。

「動いた。浩司が動いた。X3がマンションから動いたよ」

「よし、いよいよ来たな。浩司君、どんどん動けよ。ゆっくりと、じっくりと炙り出してあげるから」


X3を乗せたアーバンは、国道一七号から細い道をくねり、春日部方面に進んでいた。しかし今、二人にはアーバンがどこに進もうと関係ない。GPSは全ての通行を記録する。あとからゆっくり分析が出来る事だ。とりあえずX3は泳がせておけばいい。構わず二人はマミーの店に向かった。

「マミーに全ての事を話しておこう。情報の共有化と、ベクトルの統一化が大切だからな」

「そうだね。目的をはっきりさせて、情報をマミーに伝えれば、マミーからのアイデアも出るかもね。最近の細かい事はマミーには知らせてないし、話しておかないと子供たちの事も頼みにくいんだよね」

店に着くとマミーは雅弘と紗央莉の三人で店内にクリスマスツリーを施していた。

「マミー、今大丈夫？　少し作戦会議がしたいんだけど……」

振り返ったマミーの視線がいつになく鋭い。明らかに不満を表している。理恵は少し背中を引かざるをえなかった。

「あらっ、ちょうどいいわ。わたしも幾つか質問したい事があるんだよね」

二人はお互いの顔を見て唾を呑み込んだ。

……ドキ、ドキ……

ツリーの飾り付けを子供たちだけに任せ、マミーと三人でボックス席に向かい合った。理恵を左側に置き、正面のマミーに一つずつ説明した。

「マミー、情報を整理するね。それから作戦を考えよう」
※X1がバレて、アーバンから外され、浩司の動きとアーバンの動きは同一ではない
※理恵にX2が付けられていて、理恵の動きを見張られている
※アーバンにX3を取り付け、今は泳がせている
……だから、今はGPSが三つだよ……
※青木と浩司は一三年前に出会っていた。その時、浩司は白い粉を運ばされていた
※浩司はサラ金・闇金からも借金をしていて、その情報を知り、青木が近づいてきた
※オンナ・彩乃も、青木によって仕掛けられた刺客である
※青木は半年前、八年ぶりに刑務所から出たばかりである
※青木の本名は、彩本である

※他

「アヤモトね。・ヤモト？」

マミーは小首を傾げ、斜め上を見つめたが、一つ一つを頷いて呑み込んだ。説明を終え、理恵に話しかけた。

「理恵、Ｘ３の現在地はどこだ？」

「Ｘ３は会社だよ」

「Ｘ１はどこだ？」

「あっ、Ｘ１も会社だ」

マミーが割り込んできた。

「ねぇ、二人が言っているＸ１って、浩司のアーバンでしょ？」

「マミー、違うよ。今はＸ３がアーバンだよ」

「じゃあ、Ｘ１はどこにあるのよ？」

「マミー、たぶん今はアーバンから外され、違うクルマに付けられているみたいだ。でも、今後はわざとアーバンに戻したりもするだろう。理恵を混乱させるために」

「なるほど。そういう事なのね」

まだ全てを理解しているとは思えないマミーには構わず、二人は会話を続けた。

「浩司はまた今夜も銀座かな？」

「どうせ土呂を経由して、銀座じゃないかなぁ？」

「じゃあその時にX1をアーバンに戻すかもな」

「そうだよね」

マミーが再度割り込んだ。

「ねぇ、アーバンにドライブレコーダーとかないの？　車載カメラとか。それを見れば全てがわかるでしょ？　わたし、素晴らしい思いつきでしょ？」

胸を張り甲高い声で得意気に提案してきたマミーを、理恵は一瞬にして沈めた。

「マミー、今頃、何を言ってるの？　そんなのないわよ。あったらとっくに見てるって」

下を向くマミー。

「そうか、付いてないのか。ブツブツブツ。付けてない事が良い事なのか？　悪い事なのか？　それとも付けられないワケがあるのか？」

「マミー、何を言ってるの。ワケ？　意味がわからないよ」

今度は声を低くしたマミーが舐めるような視線で二人を襲う。

「じゃあ、今度は二人に質問なんだけど。社長、理恵、お二人はいつからそんなに仲がいいのかしら？」

「え、えっ、別に。まだ……」

「いや、マミーさん。二人で協力してマミーさんの五〇〇〇万を取り返そうとしているだけですよ。理恵ちゃんだけでは出来ない事もありますから」

緊張の高鳴りが言葉遣いを変えさせた。

「あら、そうなのね。それなら別に構わないけど。ブツブツブツ」

二人はマミーから太い釘を打ち付けられた。慌てた理恵は必死に話をそらし、マミーを断ち切った。

「ねぇ、来週から生方さんに追跡を頼んでくれないかな?」

「そうだな、生方か。生方を使おうか。でも理恵、生方には追跡は無理だぞ。撮影もかなり微妙だけど」

マミーが笑い、理恵もマミーの笑顔を追いかけた。

ツリー作成作業中の雅弘も紗央莉も笑っていた。どうやら子供たちも話を聞いていたようだ。

「ママ、みてぇ。サオリ、ちゅくったんだよ」

出来上がったツリーにはたくさんのイルミネーションがあしらわれ、素敵に光る。紗央莉は自慢気にツリーを指差し、瞳を輝かせた。

☆　☆　☆

アーバンから外されたGPS・X1。では、今はX1がどのクルマに付けられているのか。大変深い興味を抱いた。

生方と二人でX1の解明を目指した。明るい時間は事務所の近隣を僅かに彷徨う。夕方以降はほとんどが事務所に止《とど》まる。生方と二人で会社の前に張り込むのはあまりに危険だ。データを分析し、予測・予想・推測しなくてはならない。

一週間の観察でX1の移動パターンが浮かび上がってきた。午後の二時に事務所から動き出し、県道二号を西に進んだのなら、それは岩槻インター近くの駐車場に向かう。

翌日、生方とGPSを観察していた。すると、X1が定刻通りに動き始めた。事務所から西に進む。

「岩槻インターだ。いつもX1が停まる岩槻インター近くの駐車場に向かってくれ。いや、駐車場がよく見える場所に先回りしてくれ」

「了解しました。でも社長、X1はなんでこんな駐車場に来るのでしょうかね？　こんなインター近くの駐車場に」

「生方、その答えを知るために俺たちが動いているんだろ」

「では社長、その答えが今日わかるかも……」

生方の話はいつも長い。途中で右手を上げて遮った。

いよいよX1が岩槻インター近くの駐車場に近づいた。すると、黒塗りの高級セダン・ブルースネークが現れた。駐車場の片隅でエンジンを止め、GPSとピタリ重なる。

……もう少し近くで見ないとわからない……

……もっと近くで見たい……

意を決して近づいた。距離を短くしてみた。X1はどうやらあのブルースネークに載せてあるようだ。すると、一人の男が運転席から降りてきた。煙草をふかし、辺りを観察する。スマホでどこかと会話。やけに周りを気にしている。その様子がかなり怪しい。五〇歳前後の細身の男。色が黒く頬が痩けた男。胡散臭く、鋭い顔つきで金縁の眼鏡を光らせている男。今までに見た事のない角刈りな男だ。

……誰なのか？……

更にもう一人、助手席からオンナが降りた。ヒョウ柄なオンナ。髪を肩まで伸ばしたスレンダー。やはり男と同じように煙草を咥える。大きなサングラスをしていたが、これは距離が短いので直ぐにわかった。

「生方っ、あれ、彩乃だよな」

白いパンツではない。今日はヒョウ柄なオンナである。髪の長さや色、ボディーライン。年齢的に見ても間違いない。土呂駅近くで見たあの彩乃である。思わず独り言を呟いた。

……「という事は、あの一緒にいるのは例の青木か？」……

……「正体不明の青木か？　青木が運転して、助手席は彩乃か？」……

……「なるほど刺客だな。浩司を操るため」……

……「彩乃は昼間は青木のオンナなのか？」……

……「それを浩司はわかっているのか？」……

色々と考え、憎いはずの浩司だが、少しだけ浩司を思いやった。

「生方、あれは初めて見る、例の青木だろうな」

「えっ、初めてじゃないですよ。あの男、土呂で見た事がありますよ。そうだ、理恵さんが倒れた日、土呂に行きましたよね。あの時ですよ。私、撮影したはずですよ。社長、私が撮った動画を見ましたよね」

生方の動画は撮影を失敗していたはずだ。地面ばかりを撮っていて。

「何を言ってるの生方。お前、起きてるのか？　お前の動画なんて、何も撮れてなかったじゃないか」

強い言葉をぶつけると生方はかなり不満そうに睨んできた。

……社長は俺の努力を評価してくれない。ブツブツ……

青木の全身を細かく観察した。派手な刺繍があしらわれているジャンパーに、ダボダボの黒いズボン。わざとらしく緩すぎる。何かの理由があるのか。大きなポケットが前にも後ろにも。いかにもたくさんの物が入りそうだ。その後、足元にも視線を投げてみた。

……「焦げ茶色の靴を履いているのか？」……

……「焦げ茶色？　焦げ茶って？　どこかで見たような色だ。うぶ、か？」……

ふと隣にいる生方の足元に視線を下ろした。

……生方も、同じ焦げ茶色の靴だ……

「おいおい同じだよ。あれは青木の足元を？」

生方が土呂で撮った動画は、青木の靴を捕らえていたのである。

「あれはお前、自分の靴を撮ったんじゃなかったのか？」

「はい、私が撮りました」

生方は背筋を伸ばして胸を張った。長年の付き合いではあるが、生方という男を理解できない時がある。


「もしもし理恵、今、画像をＬＩＮＥしたよ。直ぐに見てくれ」

青木と思われる男の画像を三枚送った。通話をしながら理恵が画像を確認。

「青木だ、青木。角刈りな男だよ。何で彩乃もいるの？」

言葉に理恵の尖った表情が籠もっている。やはり青木だった。青木と彩乃だ。まさか青木がＸ１に乗っているとは。それも彩乃と一緒に。いや、青木がＸ１を持っていたとはかなりびっくりした。

この日、青木はＸ１を事務所から持ち出し、自分の運転する高級セダン・ブルースネークに載せていた。浩司の調査を撹乱させるため、青木が考えた作戦であった。では、青木は誰を待っているのか？　ここで誰と、何のために会うのか？

しかし、青木はこの日、誰とも合流せず土呂方面に戻って行った。何とも不思議な行動。青木は何を考えているのか？　首を傾げるしかなかった。

翌日も朝からX1を追った。X1は事務所から少しも離れない。試しに昨日と同じ時間に同じ場所に張り込んでみた。午後二時の岩槻インター近くに。すると、ブルースネークがやって来たではないか。やはり昨日の青木の行動は調査を撹乱させるためだったのか？　いや、悪い事をする前の予行練習だったのか？

違う角度から見ようと、場所を変えて静観した。僅かな時間が過ぎた時、青木の隣に、ビシッと黒塗りの新型バーチャルダウトが停まった。青木と同じ、いや、青木以上に怪しい男が降りてきた。青木の方が頭が低い。ペコペコと頷く青木。何やら厳しい顔で話すバーチャルダウトな男。かなり怪しい香りが、車道を挟んだ所まで飛んできた。青木はブルースネークからバッグを取り出し、バーチャルな男に手渡した。今度は男が青木に違うバッグを返した。

県道や高速道路から放たれている雑踏は、耳に会話を届けてこない。口の動きを観察しても読みきれない。たった二、三分で二つのクルマはそれぞれに立ち去った。

困惑して身体が固まった。暫くの間、その場でため息を吐きながら冷たい空を見上げた。

……もしかしたら、また白い粉なのか？……

……あの一三年前と同じ白い粉なのか？……

その四日後、この日も決定的な瞬間に遭遇した。X1はやはり事務所から動かない。生方と岩槻インター近くの駐車場脇で待ち構えていると、まさかのX3が接近して来る。直ぐに二台のクルマがインター近くの駐車場に同着した。ブルースネークとアーバン。X3とはアーバンである。もちろん運転席には浩司がいた。

この日、アーバンの助手席には青木が座っていた。X1を載せていない青木のブルースネークは何と彩乃によって運転されていたのである。

一〇分ほど遅れて到着した黒塗りのバーチャルダウトな男は、トランクから二つのバッグを取り出し、浩司に手渡した。浩司はこのバッグをアーバンとスネークそれぞれに積み込む。このあと、青木は一つのバッグをスネークから取り出し、バーチャルな男に預けた。

……バーチャルからは白い粉の受け取りか？……

……青木からは多額の現金の手渡しか？……

……浩司も共犯なのか？……

……これから浩司と青木で運ぶのか？……

……やっぱり白い粉なのか？……

仕事を終えた青木はスネークからアーバンに乗り替え、彩乃と走り去る。青木が走り去ったあと、バーチャルダウトは岩槻インターから東北自動車道に入り、どこかに消えていった。

……ヤバい……ヤバすぎる……

もう、青木を追う事は出来ない。あまりにも危険すぎるから。

☆　☆　☆

連日の長い調査で体力が失われていく。少しイライラしながら理恵と会い、五日ぶりにマミーの店に三人が集った。些細な事でもいがみ合う。マミーの冷たい視線にも構わず、唐突に理恵に強く質問した。

「じゃあ理恵。理恵は何も知らなかったのか？　本当に知らなかったのか？　正直に話せ」

「何を？」

「ごめん、怒らずに話してくれ」

「だから、何を？」

「白い粉の事だよ。浩司が青木に運ばされていた事を。それでたくさんの金をもらっていた事を」

「えっ、粉？　お金？　……もしあたしが知っていたら、どーする？」

「えっ、理恵、お前、やっぱり知ってたのか。何で話さなかったんだ」

「ウソだよ。知らなかったよ。だけど……」

「だけど、何だ？」

外は冷たい木枯らしが枯れ葉を吹き飛ばす。一方、マミーの店では激しい意見が飛び交った。額に汗をにじみ出し、ぶつけ合う。

「だけど不思議な事があったんだ。ずっと、心にしまっておいたんだ……」

「理恵、そこポイントになるかも知れないぞ。一体、何があった？」

「半年くらい前かな？　あっ、青木を初めて見た日、会社のイベントの日、あの日の夜だ。浩司がいつもと違うバッグを持っていて。浩司、これはなあに？　って聞いたら浩司はいきなり『触るなっ』って怒鳴ったんだよね」

「理恵、それで？」

「でも、凄く気になってさ。浩司がお風呂に入っている間に、そっと見たんだ」

「理恵、見たんだな。中身は白い粉だったのか？」

「違うんだよ。壱万円札の束だった。たくさんだった。たぶん五〇個くらいの束」

「えっ、五千万って事？」

「びっくりして、お風呂から出てきた浩司に聞いたよ。そうしたら凄い形相で『理恵、見たのか？　殺すぞ。殺されるぞ。俺のじゃない。預かってるだけだ。忘れてくれっ』あたし、怖くて、怖くて……。あの頃はまだ幸せだった。いや、浩司に幸せな振りをされてたのかな？　浩司が変わり始めた頃だった」

理恵が唇を尖らせて、言葉を叩きつけた。床に叩きつけられた言葉は更にボリュームを上げて続いた。

「でも、信じるしかなかった。生活が変わるのも怖かった。浩司が変わるのも怖かった」

「この話を誰かにした事があるのか？」

「ないよ。あるわけないじゃない。心にしまっておいたんだから」

その時、マミーが立ち上がった。

「ちょっと待って。何でその時に五〇〇〇万を取らなかったのよ。わたしが五〇〇〇万を貸してからずっとあとの事だよねっ。わたしは、四月に貸したんだよ。その話は夏頃でしょ」

蛇よりも冷たい目で、理恵に絡みついた。

「だって怖かったし、だって信じていたし……」

理恵の膨れた頬とシワを集めた額は、平らになり、顔から〝力〟が抜けていた。マミーも大きなタメ息を吐きながら、椅子に腰を落とした。

「二人ともよく聞いてくれ。もしその時にその金に手を出していたら、大変な事になっていたはずだぞ」

二人は小さく頷いてくれた。三人が店の天井を見つめ、暫くの時間が過ぎていく。店の外では師走の冷たい風が歩く人を苛めていた。

「そう言えば何も食べてないんだ。俺、腹が減ったよ」

テーブルに財布を置いて理恵に頼んだ。

「理恵、コンビニで何か買って来い。駐車場で待っている生方にも渡せ。生方も食べてないんだ」

すると、理恵は大きな声をぶつけてきた。

「自分で行け、バカ」

「……わかった。もうお前には頼まない。自分で行って来る。今日はもうこれで帰る」

言葉を強く理恵に叩きつけた。それを聞いたマミーがキレた。

「理恵、何を言っちゃってるの？　誰に言っちゃってるの？　いいわよ、わたしが買って来るから」

そう言ってマミーは飛び出して行った。マミーが出かけてから直ぐに理恵は、椅子から立ち上がり近づいて来る。そして胸に額を埋めてきた。すかさず両手を理恵の背中に回し、力強く抱き寄せた。ついでに理恵の頭の上に額を乗せておいた。理恵の温もりを心臓で直に感じながら、暫く時を流していた。

「ごめんなさい」

理恵の言葉が胸で響いた。二、三分後であろうか？　少しの気配を感じて、理恵の頭の上に乗せていた額を持ち上げると、財布を忘れたマミーが取りに戻り、入口に立っていた。

この時、生まれて初めて鬼の形相を生で見た。鬼に似たマミーが睨み続けている。

……ヤバい…殺されるかも……

……「ウソだろ。やっぱり二人は出来ているのか。コロス。コロシテヤル。フタリデダマシヤガッテ」……

マミーの唇は音無しで発せられた。だから余計に怖い。

マミーが買って来たおにぎりを噛まずに飲み込んで腹に蓄えた。なるべくマミーと目が合わないようにしながら。理恵はマミーの睨み付けに気付いていない。すっかり笑顔に戻り、明るく食べている理恵が笑顔でマミーに話した。

「そう言えば、あのハムスター、最近、元気がないんじゃない？　全然動かないし……」

理恵がハムスターのケージを指した。するとマミーが吐いた。

「死ぬんじゃない。そろそろ。死んでもいいわよ。また買って来るから。もっと強いのを」

マミーが怖い。翌日、ハムスターはケージの中で冷たく固まっていた。

☆

浩司と青木との関わり方や不思議な荷物の受け渡しを知った理恵は覚悟を決めた。もう救いようがないと判断した理恵は強い。いかにして浩司を料理するか。日々憎しみは増す一方だ。そんな理恵に対して、浩司の行動は以前に増して大胆になっていく。全くマンションに帰宅しない。帰宅しても堂々と私物を運び出す。理恵はほんの少しの変化も見逃さない性格だ。気になる事があると直ぐに浩司に詰めより、その場にて結果を求めてきていた。理恵は歯にも態度にも衣着せぬ。思った通りに話し、思った通りに動く。全ての責任が自分にあるとわかっている浩司は別れ話を切りだしにくい。だから理恵からの攻撃を待っていたのだ。

……なぜ、詰め寄ってこないんだ……

今回の浩司の浮気は昨年に続いての二回目。現在家庭内での〝執行猶予中〟である。もう実刑は免れない。理恵は証拠固めに必死だ。詰め寄らない理恵の作戦は、逆に浩司を動揺させた。

浩司は仕方なく突然の深夜帰宅をし、自ら九時間かけてカミングアウトを決行したのである。短絡的かつ自己中心的に。

「理恵、聞いてくれ……」
※オンナが出来た、肉体関係はある
※オンナと旅行もした
※オンナと別れるつもりはない
※オンナには責任はない
※オンナには手を出さないでくれ
※会社は倒産寸前である
※金がないから直ぐには返せない。マミーにも理恵にも。ただ返す気持ちはある
※青木と一緒にいろんな仕事をしている
※青木と書いて〝キケン〟と読むんだ
「だから俺と別れてくれ」

理由にならない事だらけ。

「次のオンナが出来たから、女房に別れてくれなんて、あたしも許さないけど、子供たちも裁判所も許さないよ。地球の裏側まで探したって、許すやつなんて絶対いない」

更に理恵が続けた。

「あたしがそんなの知ってるよ。既に全て暴いてあるよって凄んだら、浩司のヤツ、次々に誘導尋問にかかったよ」

九時間に積み上げられたウソや言い訳は一〇〇も二〇〇もあったが、本当の事は一つもな

かった。

ウソを堂々と話した浩司に対して、理恵はすかさず、根拠と証拠をもって潰した。

「あらっ、おかしいわね。そんな言い訳は通りませんけど。だってあなた、〇〇の時は□□にいましたよね。あたしはずっと探偵を付けているのよ。あなたの行動は全てお見通しなんですけど、何か？」

自爆した浩司は遂には開き直り、笑顔で話したという。この話をする時の理恵は終始笑っていた。

「その場に刃物があったら、あたし、たぶん殺ってた」

いやや、理恵が殺るわけない。あくまでも冷静に、もっともっと厳しい処刑を考えていたから。

「でも、人の事をこんなに恨めるものだってつくづく思ったよ」


来る日も来る日も二人の子供に泣きつかれ、昼も夜もＧＰＳを観察。熟睡なんて出来るわけない。体力と精神力が底をついた。街はクリスマスイルミネーションが、眩しくうざい。中には大きな音を出してクリスマスを奏でている物もある。音も光も全てが敵に感じる。

「クリスチャンでもないくせに、なぜこの時だけはクリスマス信者なのよ。みんな、おかしいんじゃない。バカみたい」

寒い街に派手なイルミネーションが悲しく輝いていた。その横を冷たい風が吹き抜ける。

……雅弘、紗央莉、風邪ひかないでね。あなたたちがいるから、ママ、負けないよ……

カミングアウトから三日後、理恵と子供たちがマミーの家で夕食をとっている時、X３はマンションを示していた。わたしも調査員の一員であると言わんばかりのマミーがGPSを見ている。マミーが慌てて理恵に言葉を投げた。

「理恵、GPSを見てご覧。浩司がマンションに来ているんじゃない？　浩司ったら、またスーツとかを取りに来たのかな？」

「マミー、もうそんなの、どーでもいいのよ。あたしがここにいるから、浩司は安心しているんでしょ。ボックスワゴンのGPSを見てから行ったんでしょ。バカすぎ。真剣に殺したいよ」

少し下を向いたマミーが頷いた。

「仕方ない。殺るか……」

「えっ、どうやって？」

「わたしには作戦があるのよ」

マミーが少し背伸びをして話した。

「マミー、マジで言ってるの？　でも、死なれたら慰謝料も養育費も取れないよ。貸したお金だって取れない。あたしだって殺したいけど、あたしはもっと重い刑を執行したいよ」

理恵は浩司のX３・アーバンがマンションから離れる前に、ボックスワゴンを発進させ、マンションに向かった。すると、僅か五分で浩司はマンションから離れた。ボックスワゴンの動きを見ていた浩司がマンションから脱出したのだ。

「やっぱりか。バカすぎ」

そして、マンションに戻った時、理恵は浩司に心を奪われたのである。

『子供たちのクリスマスに使ってくれ』

このメッセージに五万円を寄せ、リビングのテーブルの上に置いた浩司は、急いで部屋を出て行ったのである。理恵に対する愛情が冷めても、子供たちへの愛情は継続していると思わせる浩司の作戦だ。


久しぶりに東大宮のＢＡＲで一人飲みをしていると、理恵からの着信に驚いた。他の客がいない店内にスマホが響き渡る。

「もしもし、あのね、浩司って凄くいい人なの。あたしの大切な人なの。もう、苛めないで。おねが、ィ」

「理恵、どうしたんだ？　熱でもあるのか？」

「違うの浩司が、五万円を」

いつも強気な理恵がこの日は純粋な女性に感じた。

「おいおい、理恵。お前、五万円で許すつもりか？　理恵、騙されるな。彩乃に毎月いくら使っていると思ってるんだ。二人は七五〇万も貸したままだぞ」

「でも今、浩司、大変な時なのに、涙が止まらないよ」

「理恵、五万円で騙されるな。ゆっくり話そう」

直ぐにこれはストックホルム症候群を狙っての作戦であると感じた。

……ストックホルム症候群とは……

犯罪被害者が犯人との間に、生き延びるための精神的繫がり（生存戦略）を持とうとする、一種の防衛本能である。

……犯人は悪い人ではないと錯覚させる……

特にＰＴＳＤ（心的外傷後ストレス障害）において生じる事が多い。

浩司から酷い仕打ちを続けられ、倒れた理恵は救急搬送された。その時、理恵はＰＴＳＤと診断されていた。飴と鞭を使い分け、理恵をマインドコントロールしようとしている。

……理恵は騙されるのか？……

……これは偶然なのか？……

……それとも、青木が考えた作戦なのか？……

浩司も青木によってマインドコントロールにかけられ、心や金、更に会社や家族までも無くす。残るものは青木に紹介されたオンナ・彩乃だけだ。浩司本人もわかってはいるが、もはや抜け出す事が出来ない青木ワールド。

浩司は青木からの指示で理恵に対し、オンナが出来たとカミングアウト攻撃を仕掛け、完璧な悪者を演じた。次には一転して五万円をプレゼントするストックホルム攻撃で偽善者を装った。

理恵の心を説き戻そうと、いつものファミレスに彼女を誘い、待ち合わせた。街には本格的な寒さが訪れ、吐く息が白い。二人は駐車場から入口への僅かな距離を小走りで急いだ。開店とほぼ同時にファミレスに入店。

……あ〜あっ暖かい……

二人はこの日、この店の最初の客であった。暫くしてまばらな客が席に着き始めた頃、理恵が先に口を開いた。瞬きを止めた目で、下から覗き込むように話す。

「あたしの事を心配してるでしょう」

「ああ、もちろん心配してるよ。凄く心配だ」

「何、言っちゃってるの？　あたしは大丈夫だから。あたしの浩司に対する愛情は凄く、凄ーく深かったの。だからその分、恨みも、凄ーく、凄ーく深いって事だよ。五万円？　あたしが五万円で騙されるわけないじゃない。浩司には計り知れない〝償い〟をしてもらうよ。五万円で騙されるわけ……ない」

理恵のおびただしい笑い声がファミレスの壁を襲った。

……チーム青木には絶対に負けないぞ……

この娘には心配は要らない。むしろ、理恵という女に凄まじさを感じた。

……愛と憎しみは紙一重……

まさにこの事なのだろう。

食後のドリンクを飲みながら理恵の瞳を見つめていた。何かいつもとは違う笑顔の理恵にパワーを感じた。

「今日はランチが終わったら、子供たちのプレゼントを買いに行くよ。付き合ってね」

いつになく張りきっている理恵の目は、清々しく輝いている。

「あの五万円で買うのか？」

「違うよ。浩司の五万円は使わないよ。あの五万円は貯蓄だよ。一緒に買い物に行こーね。いいから早く食べてね」

尖った口元で女優を演じ、声に化粧をして話しかけてきた。

「さぁ、行きましょう。さぁ〜」

理恵から右手を奪われ、席から立ち上がった。いつもの温かい理恵の手は、この日は力強い手になり、強引に絡み付いてくる。

……もしかしたら？　えっ、ウソだろ。五万円分、払わさせられるのかな？……

ファミレスのマドンナが心配そうな眼差しを背中にぶつけてくれた。

理恵はファミレスの駐車場に自分の車を置いたまま、探偵の助手席に笑顔で乗り込んだ。

デパートの屋上駐車場に着くと理恵がマミーの車を発見した。師走も半ばを過ぎ、たくさんの車が駐車場を埋め尽くしていた。その中で理恵はよくマミーの車を見つけたものだ。

「あっ、マミーの車がある。マミーは何してるんだろう？」

「ほう、偶然だな」

「ねぇ、マミー捜しをしようよ」

「よしっ、捜そう」

二人は屋上から一つ階段を降りた八階にマミーの姿を見つけた。

「ねえ、暫くマミーを観察しようよ。尾行、尾行。何か探偵みたい」

「よし、今日はマミーを追跡調査だな」

二人が人混みに紛れ、追跡を続けるとマミーはペットコーナーに入って行く。

「えっ、動物？　マミーは孫へのプレゼントに動物でも買うの？　イヤだよ、どうせあたしが面倒を見る事になるんだから」

売場の一番奥で立ち止まったマミーが一点に視線を止めた。少し強めのライトが眩しくケージにぶつかる。

「ウソでしょ？　爬虫類コーナーって？　まさか蛇？　この間もハムスターと迷ったって言ってたし……」

「理恵、止めようか？　止めるなら今だぞ」

「大丈夫だよ。まさか買わないでしょ」

マミーは一人で蛇を見つめ、微かに笑っていた。

「マミーって蛇が好きなのか？」

「いや、聞いた事ないよ。でも、この前も蛇がって言ってたよね」

「じゃあ五〇〇万も戻らないし、娘も騙されて、少しおかしくなったんじゃないか？」

「まあ、今日は見なかった事にしとこーよ」

「理恵、了解だよ」

二人はエレベーターに乗り五階で降りた。ここはオモチャの街だ。大きなクリスマスツリーが幾つもの星を光らせている。軽やかなボリュームでジングルベルを流し、光と音のイルミネーションを奏でる。

派手な演出に心を奪われ、理恵と腕を組み、暫しの時を過ごした。いつしか自分のポケットに理恵の手を誘い込み、中で彼女の手を熱く握っていた。

と、その時二人の肩が叩かれた。

……♪…トントン…♪……

「あのさぁ、さっきからあんたたち二人で何してるのよ？　ブツブツブツ。ずっと見てたんだけど。ブツブツ。二人はどうなってるの？　ブツブツブツ」

……ヤバい。何もしてません……

二人とも声が出なかった。マミーの目が蛇のように冷たく、ヌルッとして二人に絡み付いてきた。

☆

子供たちに決してたくさんとは言えないが、世界一の心をのせたプレゼントを選び、二人は車に戻った。こんな時だからこそ子供たちの心を温めたい。両手で大きな荷物を持つと、理恵はその前を笑顔で先導した。車を動かした時、大きな声が車内に轟く。

「あっ、いけない。GPSを外すの忘れてたよ。あたしのボックスワゴンに付けっぱなしだ。浩司にいつものファミレスがバレちゃうよ」

浩司の浮気調査をしている途中で、浩司にその存在は見せられない。どんなハンターがどんな作戦で浩司を狙っているのか。浩司の全てを解明し、理恵の望む解決に導くまでは、秘密のサンタだ。

「理恵、大丈夫だよ。どうせ浩司は、自分が仕掛けた五万円でプレゼントを買いに行ったんだなって思っているだろう。マミーと一緒に。理恵とマミーがファミレスで待ち合わせをして、理恵が車を置いて行っただろうって」

「それで大丈夫かな？」

「まっ、いいや。気にするな」

「わかった。そーしよう。あたし、雅弘と紗央莉の喜ぶ顔が楽しみだな」

そんな会話をしているうちに、この日の朝に待ち合わせをしたファミレスの駐車場に着いた。黒い雲が冬の空に立ち込め、今にも泣き出しそうだ。その時、見つけたのである。

「ヤバい。小さくなれ。理恵、潜れ。早く。バーチャルだっ。バーチャルダウトが来てるぞ」

「えっ、ウソでしょ」

理恵の車がファミレスに長時間駐車。不審に思った〝チーム青木〟が偵察に動いたのだ。

……理恵は誰と探っているのか？……

……理恵にどこまでバレているのか？……

……理恵の持っていた金は全て絞り取った……

……もう、探偵を雇う金なんかないはずだ……

青木には浩司の浮気がどうであっても関係ない。バーチャルダウトな男との仕事さえ暴かれなければ。

俺たちはあの岩槻インター近くの駐車場で目撃した黒塗りのバーチャルの存在を把握、記録している。しかし〝チーム青木〟にはサンタの存在が見えていない。臆する事なく二人は車をバーチャルに近づける。そして一瞬、車内に視線を投げた。すると、何とそこに……。

「見えるか？　見えたか？」

「見えたよ。浩司と、隣に彩乃だ」

バーチャルは運転席に浩司、助手席に彩乃を持っているではないか。理恵が小さくしていた身体を伸ばし、バッグから何かを取り出そうとしている。

《キラリと光る研ぎすまされた包丁》

「刺してやる」

「バカ。やめろ」

「イヤだ。もうムリ。止めないで」

「わかった。止めないよ。さぁ行って来い。殺って来い。でも、その前に一つ頼みがある」

「何よ、こんな時に。あとにして」

「理恵、これを受け取ってくれ。メリークリスマス♪♪」

小さな、ほんの小さな小箱に本気の心を詰め込んだ小石のカケラ。理恵の全身から力が抜け、吊り上がっていた目は平らになり、涙の溜め池になっていた。

……ありがとうなんて言葉はいらない……

……受け取ってくれるだけでいい……

理恵は両手を伸ばし、ハンドルを握る探偵の左手を奪ってきた。その手を自分の目に当て、涙のダムを決壊させた。

街中は真冬のクリスマス。車の中は二人だけの灼熱のクリスマス。

……理恵、頑張って来年のクリスマスにはもっと大きな小石を掴もうぜ……

たった一〇分だけのクリスマスタイムを終え、バーチャルダウトを左後方から見つめた。

「理恵、アイツ等を料理する時は、近いぞ。もう直ぐその時がくる」

「うん。絶対許さない。許したくなんかない」

浩司たちが見ている前で、直接、理恵をボックスワゴンに戻す事は出来ない。〝チーム青木〟

に調査車両は明かせない。

　二人が一旦、ファミレスの駐車場を離れようとしたその時、バーチャルの後部ドアが開いた。なんと青木といつものバーチャルダウトな男が降り、煙草に火を点けたのである。冷たい真冬の街に黒い煙を吹き付ける青木たち。青木の眼鏡が眩しく輝く。

「えっ、あの二人も乗ってたんだ」

「理恵、危なかったな。あの二人が後ろの席に隠れていたなんて。浩司と彩乃はカモフラージュだったんだな」

「マジ、危なかった。見つからなくてよかった。あの四人にクリスマスなんてないんだよね」

「そうさ、ヤツ等にはクリスマスも正月もないさ。さぁ理恵、二つに一つだ。合法的にいくか？　それともヤミに葬るか？」

「両方ともお願い……」

「わかったよ。両方とも準備しよう」

　バーチャルが立ち去ったあと、二人は車内でスマホを叩く。検索して大宮駅近くの法律事務所を探した。

「はい、東西弁護士事務所です」

「離婚の問題とかの相談をお願いしたいのですが」

「畏まりました。◇◇○■○◇☆…」

「わかりました。では、二九日の午後に伺います」

年末も大詰めの時。合法的な手段として、先ず弁護士に相談する手筈をふんだ。

三日後の弁護士面会の前に、相談内容、ベクトルの方向（目的の統一）をはっきりさせるため、理恵の気持ちを確認したい。妻として母として女として、そして人間として。

……浩司が望んでいる離婚に応ずるのか？……

……不貞の嫌疑を今回も執行猶予とするのか？……

……貸している金の回収はどうするのか？……

幾つかの質問を用意したが、理恵に会う前に、マミーにも考えを聞こうとマミーの店を訪ねた。

クリスマスから賀正へと飾り付けのモードチェンジをしているマミーは顔に疲れを表していた。この四カ月間、あまりにもたくさんの出来事が彼女を襲っていたから。店の入口を軽くノックして扉を引いた。

「マミー、おはよう。早い時間から大変だな。そうだな、もう正月もくるしな」

アポなしで訪問してもマミーは少しも動ぜず、いきなり嫌味をぶつけてきた。

「あらっ、社長。おはよう。今日もご一緒かしら？　理恵さまと」

……ヤバい。機嫌が悪そうだ……

「いや、今日は、マミーとランチでもしようかと思ってさぁ」

「えっ、わたしと？　わたしにはクリスマスもお正月もないけど、お店は頑張らなくちゃいけないしね。でも、嬉しいわ。ランチ、行きましょう」

曇っていたマミーの心は一気に快晴。出掛ける支度を急ぎ始めた。その隙に理恵にＬＩＮＥを発信。

……ＬＩＮＥ……「マミー、ご機嫌ナナメ。自宅待機してて。追って連絡する」……

ＬＩＮＥを既読にするものの返信をしてこない理恵に流石を感じた。

冷たい風が街中を急ぎ足で駆け抜ける。歩く人はコートの襟を立て、両手をポケットにしまう。真冬の太陽は心無しか、か弱く感じた。人の心までは温めてくれないから。

街外れの穏やかなカフェに着くとマミーから話をしてきた。

「色々と迷惑をかけてごめんなさい。わたしが浩司に貸した五〇〇万の事で相談をしたばかりに、社長を大変な事件に巻き込んでしまったわね」

ログハウス的に丸太であしらわれた店にはクラシックな音楽と珈琲がよく合う。この店には大きな声が似合わない。そんな雰囲気を瞬時で感じとり、二人はその場の音にトーンを合わせた。

「いやぁ、最初に五〇〇万の話を聞いた時は確かにこんな展開になるとは思わなかったよな。でも、事実が変わったわけじゃない。先に事実を知っただけだ。青木の件、それに彩乃の件。あとから知るより、先に知って先に動く。先手必勝だよ。今までやって来た事に一つの〝ムダ〟もないしね」

言葉を聞き終えたマミーは、右頬でえくぼを作り、小さく笑いながら言葉を返してきた。

「だわね。小石のカケラも〝ムダ〟じゃないしね。わたしには小石とかないのかしら？　砂でもいいわよ……」

……何で知ってるんだ？……

……理恵、いつ話したんだ？……

小石より小さな《砂》とは皮肉たっぷりだ。

「砂？　砂をもらってどうするんだ？」

マミーの今考えたとは思えない返答。

「何にでも使えるじゃない。浩司の頭にかけるとか、ペットの飼育にも使えるしね」

「ペットの飼育？　マミーわかったよ。夜になったら天《そら》いっぱいの流れ星をプレゼントするよ」

「そんなの要らないわよ。今更この歳で。わたしは理恵じゃないのよ。浩司みたいな事、言いなさんな。だいたい、わたしが先に社長に相談したのよ。そうしたら理恵に取られた。心と行動力を」

下を向いて少しの時間が過ぎるのを待った。間もなく注文していた珈琲とサンドウィッチが二人の前に並んだ。カップを口に運びながら話す。

「マミー、五〇〇万奪還は一つの点だ。この点を探るためには点を囲む周りの面を観察しなければならない。その面の中に青木、彩乃が登場していた。これらは全てが、深く絡みあっている。端的に五〇〇万の問題だけを取り出す事は出来ない」

「じゃあ全部が死んだらどうなるの？」

「全部って？　全部、死ぬ？」

「理恵以外の全部。青木、彩乃、浩司、この三人全員よ」

「まぁ、それはコイツ等が死ぬタイミングだよ。理恵が浩司と離婚する前とあとでは理恵には大きな差がでる。でも、浩司がいつ死んでもマミーには一銭も戻らないよ」

「そうなのね。どうせ戻らないのなら浩司には死んでもらいたいよ。生命保険にも入っている事だし……」

「マミー、もっと出来る事を考えるべきだ」

「そうね、出来る事をね。出来る殺り方を……」

「えっ……」

「じゃあ理恵に、あの娘の考えも聞いてくれない？」

「了解。マミー、理恵に電話してここに呼び出してくれ。来る時はボックスワゴンのGPSを外して来いと伝えてくれ」

　僅か二〇分ほどで理恵が到着した。出発の準備をしていた理恵は、まるでこの場所もわかっていたかのように素早い。

……理恵は探偵にもGPSを付けているのか？……

理恵が肩を張って入って来た。直ぐに鋭い言葉を吐き、眉を吊り上げる。

「あたし的には一番殺したいのが彩乃だよ。次に青木。そして最後に浩司なんだよね」

マミーが理恵を睨んだ。

「理恵、あんた何を言ってるの？　浩司がしっかりしていれば、青木も彩乃もいなかったでしょ。よく考えなさい」

「理恵、冷静に聞いてくれ。彩乃が一番の被害者だと思うよ。浩司はオンナなんて誰でも良かったんだ。心と金との隙間に青木が入り込み、彩乃をあてがった」

理恵はいつまでも聞いている女ではない。今度は理恵が睨んできた。

「彩乃が一番の被害者だなんて、有り得ない。一番の被害者はあたしでしょ？　彩乃だって真剣に浩司の事を愛しているじゃない」

「それはどうだかわからないよ。彩乃に聞いてないから。浩司よりも、浩司と青木の金に惚れたのかも知れないぞ」

理恵は下を向いて泣き崩れてしまった。その理恵を見てマミーが立ち上がると、ＢＧＭのシンバルが天井から大きな音を響き落とした。マミーの重大発言を誘導する。

「わたしはみんなを殺したいのよ。青木も、彩乃も。浩司だって許さない」

「マミー。マミーごめんね。あたしが殺るから」

「二人ともやめなさい」

シンバルよりも大きな音で怒鳴られた二人は、冷たい唇でこちらを睨んだ。それは鋭く、ヌルッとした蛇の目で。絡みつくようにしっとりと。

「じじゃああ、殺殺っってってよよ」

母娘の声は大きく冷たくハモって飛んだ。

「えっ、俺が殺るの？」

「お願いします。社長、合法的じゃなくていいからさ」


「よしっ、わかった。殺ろう」

マミーと理恵の重くて冷たい視線を浴びた。唾を呑み込み、思わず頷いてしまった。マミーと理恵は互いを見つめ合いながら動かない。三人の呼吸が止まって、時間も止まった。六〇秒くらいの時間が止まった頃、自分の鼓動を自分の耳で感じた。

……コイツ等、止めないのか？……

……俺に殺らせるつもりなのか？……

「本本当当にに？？　マまジじでで？？」

二人が声を重ね、ハモって刺してきた。

「殺殺っってってくくれれるるのの？？」

……あぁ、もう、戻れない……

……勢いで格好をつけてしまった……

「じゃあ、弁護士とのアポを断ってくれ。それから二人のために殺るんじゃない。男として人間として浩司を許せないから殺る。天に代わって裁くだけだよ」

眉間にシワを寄せながら渋く笑った。

「やっぱり、いーよ。大丈夫だよ。殺らなくていいんだよ。あたしが殺るから」

理恵が泣きながら助けてくれたが、もう引っ込みがつかない。

「理恵、大丈夫だ。俺が殺るから」


こうなる事もあり得ると想定していた。自分の性格とはもう五〇年も付き合っているから、自分で自分を読めていた。しかし、作戦を考えてはいたものの、まだ実行までにはたくさんの段階が必要だ。浩司、青木のデータを分析し、今後の行動を鑑み、最終決定↓実行である。そこで二人に約束を取り付けた。
※絶対に誰にも言わない事、友達にも、警察にも
※二人は何も知らなかったと通す事
※ここにいる三人は今まで通りの生活、調査行動を続ける事、ごく普通に
※この件に関しては、LINEとメールは使わず、頭の中に書き込んでおく事、正確に暗殺作戦は大変に難しい。二人に罪が残らないようにしなくてはならない。もちろん自分にも。もし、このヤミの作戦が失敗したら、俺たち三人が〝チーム青木〟から逆に裁きを受ける事になる。綿密なる計画が必要だ。
「理恵、明日の夕方、マンションに迎えに行くね。その時に部屋の明かりは灯けたままにして

おいてくれ。それから理恵の車、X２・ボックスワゴンはマンションに置いて行くぞ。マミーは明日も雅弘と紗央莉を見ててくれっ」

「あらっ、社長。ブツブツブツ。明日もまた二人になるのね。ブツブツブツ。お二人で、どこに行くのかしら？　ブツブツブツ」

一緒に調査したいと考えているマミーをさて置き、理恵と二人で話し続けた。すると、言葉を挟めないマミーは理恵のキーを手にして立ち上がり、ボックスワゴンで出て行った。よっぽど気分が悪かったのであろう。しかし、二人になっても更に話を続けた。

「理恵、浩司はパスポートを持っているのか？」

「……」

理恵が下を向いた。暫くは聞こえていない振りを通していたが、やがて小さな声で答え始めた。

「そんなプライベートな事は関係ないでしょ。何でそこまで話さなきゃならないの。何でなの」

「理恵、俺が質問しているんだよ。質問に答えなさい」

天井を見つめ、頬を膨らませたまま動かない。今度は少し優しく、少し小さく聞いてみた。

「……リー、どうした？」

「今まで言ってなかったけど……浩司は九月にハワイに行っているんだよ。たぶん彩乃と。自分の胸にしまってた。記憶を消そうと思ってたんだ……」

「何でわかったんだ？」

「浩司のパスポートをそっと見たの。そうしたら九月五日NARITA出国。九月五日US……っていうスタンプが押してあった。九月一一日NARITA帰国も。NARITAは成田ってわかるけど、アメリカのどこだかわからなかったから、USの横にあった小さなギターと花の首飾りのスタンプから調べたんだ。そうしたらホノルルのマークだった」

「それで何で彩乃と一緒だと思ったんだ？」

「銀座のTTOOPP　Aのホームページを見たんだ。そーしたら九月四日〜一三日まで店内改装のためにお休み。九月一四日、リニューアルオープンって出てたんだ」

「なるほど。浩司の出国とぴったりだな。じゃあ彩乃もパスポートを持っているって事だよな」

「そうなんだ」

下を向き、大きな息を吐く。悔しさと芯の強さを眉間に表しながら。

「でも理恵、その時、青木は行ってないはずだね。犯罪を重ね、出所したばかりの青木にアメリカの入国許可証（ESTA）が下りるわけないだろうからな」

「なるほどね」

浩司と彩乃がパスポートを持っている事がわかり、考えていた作戦を使えると確認出来た。するを、理恵が優しく温かく柔らかくなり話してきた。

「何を考えてるの？　本当に大丈夫なの？　殺らなくていいんだよ」

「理恵、大丈夫だよ」

「無理なら無理って言って」

「安心してくれ。大丈夫だ」

「わかった。それから、お願いがあるんだよね」

「何だ？」

「来年も小石のカケラをプレゼントするって、約束して」

理恵の言葉に蕩《とろ》けた探偵は、更にパワーを上げた。

「えっ、ありがとう理恵。約束するよ。必ずプレゼントする。もっと大きな小石を」

「ありがとう。でも、浩司のパスポートをどーするの？」

「いや、二人にフィリピン旅行をプレゼントしようかなって思ってさ」

「フィリピン？　えっ、向こうで殺るって事？」

「うん。フィリピンは銃社会だし、金を出せば何だって。理恵は知らなくていいんだよ。まだこの作戦に決めたわけじゃないから」

「でも、それこそパスポートの渡航履歴でバレちゃうんじゃないの？」

「いや、生方に行かせようと思っているんだ。生方には細かい内容は言わずに」

早速、生方に電話をした。

「もしもし生方、理恵と丸太のカフェにいる。今から来てくれ。打ち合わせだ。お前、年明けに海外出張だぞ」

理恵が不安そうな瞳で覗き込んできた。

「ねえ、生方さんで大丈夫？」

「いや、生方が殺るんじゃない。現地のヤツを雇う。アイツは仕事代を渡しに行くだけだ」

「えっ、どーいう事？」


暫くの時間、理恵と話していた。外は冷たい空気が低く走る。カフェの店内では、寒さに負けない暖かい風が二人に流れる。理恵の目を見つめると、理恵がこちらに瞳を投げ、優しく包み返してきた。もう少しこのままでいたい。この時をずっと続けていたい。ところが、たった二分で生方からのＬＩＮＥが二人の時間を遮った。

……ＬＩＮＥ……「生方です。あと一五分で到着します」……

「何で、ＬＩＮＥに『生方です』って書くの？　マジ、笑うし」

「これがアイツなんだよ。アイツらしいところだよ」

☆　☆　☆

午前中に小学校時代から四〇年来の悪ガキ仲間に電話をしてあった。

「もしもし本田、今、大丈夫か？」

「おう、大丈夫だ。どうした？　お前からいきなり電話なんて珍しいな」

「いや、メールやＬＩＮＥというわけにはいかない頼みがあってさ」

「わかった。俺に出来る事があったら言ってくれ」

本田は西麻布で建設会社を経営、毎日バブリーな暮らしをしている。若い頃は互いにヤンチャで、よくぶつかり合ったが、大人になってからは大切な親友、大事にし合っている。

「お前の会社にマニラ支店があったよな。マニラに電話して仕事を頼んでくれっ。内容は……△ю▽◇⊂〆▲∬……という事だ」

「おう、了解だ。任せておけ」

「ありがとう。今回渡航させる生方というスタッフの詳細情報だ。メモしてくれ……ＡＴＳＵＳＨＩ　ＵＢＵＫＡＴＡ（Ｍ）……」

「とりあえず了解。あとでメールするよ」

「ありがとう本田。メールではなく。電話で頼むよ」

「あっ」

「でも生方さんって、面白い人だよね。なんか温かい人って感じ」

「そうなんだよ。アイツ、飯を食うのも超～遅くて、この前アイツと牛丼した時、俺が食べ終わっても、アイツはまだ箸も割っていなかったんだ。不思議なヤツなんだよね」

生方が到着し、三人で和やかに話をしていると本田からの着信。

「例の…△ю▽◇⊂〆▲∬…の件は手配済みだ。飛行機もキープした。一月七日、フィリピン航空ＰＲ４３１便、成田発09：30、マニラまでの飛行時間は、五時間二〇分。チケット代金はキャッシュで払ってきたぞ」

「流石、本田。早いな。年明けに神山と祐子、晴美とで仲本先輩の店に行く。本田も来てくれ。その時に金を渡すよ」


本田との会話を聞いていた生方は嬉しそうに、普段では見せない笑顔で探偵を見つめた。

「ところで生方、年明けの出張の件だが、今回は探偵の仕事ではない。本田からの簡単な依頼が一つだけある。あとは生方個人のプライベートな海外旅行だ。日頃から頑張っているから慰労だと思え。経費は全て本田がポケットで出す。マニラ・アキノ国際空港に本田の会社の取引先が来る。そこに封筒を一つ届けてくれ。空港を出た所にある駐車場のベンチで待ち合わせだ。まぁ終わったら、その日、次の日と現地でゆっくり楽しんで来い」

「えっ、ウソですよね。社長、俺でいいんですか？」

「生方、お前への感謝だよ。いつものお前への」

傍らで理恵が笑うのを堪えていた。しかし、堪え切れず、思わず〝プッ〟。何も気が付かない生方は笑顔を残し、一人カフェをあとにした。その時の理恵は顔を尖らせていない。素直なうさぎのように白くて優しい。

「理恵、最近の浩司の生活、行動内容を確認しよう。青木との繋がり方、彩乃との関わり方を分析しなくては。生方のフィリピン出発まで、あと二週間しかないぞ」

「そうだよね。急がないとねっ」

年末年始で銀座の店は休みに入っている。時間に余裕のある彩乃は、たくさんの時間を浩司と共有すると読んだ。

X1とX3の動きをよく分析し、実行計画を綿密に練り上げなくてはならない。この二つを追えば、必ずそこに青木が出てくる。自ずと青木の面《つら》が暴かれていくはずだ。直に青木を追えば高いリスクを負う事になるだけである。そして、大きな問題が残る。いかにして二人をフィリピン旅行に送り出すか。

暮れの二九日、早朝よりX3は土呂にあった。探偵と理恵を乗せた調査車両が土呂駅近くのアパート前に着くと、既に青木が四トントラックに乗って登場していた。額には赤いタオルを捻り、小気味よく動く。

……あれっ、引っ越しなのか?……

隠れて観察した。浩司と彩乃がアパートから荷物を運び出す。青木がテンポ良くトラックに積み上げる。彩乃、この日はスキニーなブルージーンズ。慌ただしい年の瀬に、慌ただしく荷物を動かす。

間も無く、黒い雲が近く近くとなり、やがて真冬の空を覆った。

「雨っ、降れ」

調査車両の中で理恵が大声で叫ぶと、雲がぐっと動いた。すると、大粒の雨がフロントガラスを叩き始めたのである。あまりにもドンピシャなタイミング。理恵は誇らしげに鼻で笑った。

「やったー。ざまあみろー」

荷物の積み込みをかなりザツにしながら青木が怒鳴る。

「早くやれー。俺も荷物もびしょびしょだ」

それを受け、浩司も彩乃もピッチを上げた。師走の寒さが、冷たい雨と絡み合い三人を苛める。

黒い雲は〝チーム青木〟の作業終了を待って、降り落とす場所をどこかに変えた。荷物を積み終えたX３も猛スピードで土呂の街を去り、西へと消えて行った。

「ねぇ、追いかけなくていいのかな？」

「理恵、大丈夫だよ。しっかりＧＰＳが見ててくれるよ」

「そうだよね。どこに行ったと思う？」

「春日部だろうな」

「あたしもそう思ってた」

理恵も既に立派な探偵だ。二人はＧＰＳも見ずに、国道一六号を春日部方面へ進んだ。

「もう直ぐ、アーバンに追いついちゃうよ」

「わかっているさ」

「あっ、あそこにいた、いた」

Ｘ３は国道沿いのラーメン店の広い駐車場に、四トントラックと並んで食事中だ。

「アイツ等、ラーメンか」

極めて男性的な店構えには、女性客は馴染まない。青木は彩乃に全く配慮をしない。

「あたしもお腹空いたよ」

「そうだな。俺たちも何か食べようぜ」

〝チーム青木〟を追い越し、春日部まであと一キロの所のファミレスに車を停めた。

車から降りた理恵が冷たい空を仰ぐ。

「すぅ～」

たくさんの冷たい空気を吸い込みながら理恵が尋ねた。

「ねえ、土呂から見て、春日部って東？　西？」

「ん～こっちが北だから、向こうが東で、えぇと、春日部は西だね。理恵、どうしたんだ？」

「なんか、さっき土呂にいた黒い雲が、あたしたちを追いかけて来てるみたいだよ」

西から東へ進むはずの黒い雲は、西から来て東へは進まず、西へと逆走していた。

春日部に入った調査車両は暫くの時間、街を巡ってみた。古くから宿場として栄えた街並みに歴史を感じる。古い木造の商店に分厚いガラス戸が歪《ゆが》んで青い。そんな老舗があちらこちらに残っている。市街は既に新年を彩る様々な飾り付けが施され、新年用のポスターが並んでいた。

「理恵、あのポスターを撮っておいてくれ」

「何で？　どーしたの？」

「いや、何となくだ」

……もしかしたら、どうにかなるかも知れない……

その時、例の黒い雲は春日部の直ぐそばまで迫っていたのである。

ラーメンを腹いっぱいに詰め込んだ〝チーム青木〟は予想通り、四トントラックとアーバン、二台並んで春日部に向いた。

西から来て西に戻った黒い雲は、春日部の空に覆い被さり、三人の到着を今や遅しと待っていた。

理恵を乗せた調査車両は〝大一不動産〟という会社を探していた。

……春日部市中央二丁目一八番地……

大一不動産とはマンション賃貸契約書にあった会社名。理恵がアーバンにＧＰＳを取り付けた際、助手席で見つけたあの封筒の会社名だ。

春日部駅西口からの駅前通りと市役所通りとの交差点に大一不動産を発見した。既に年末年始の休みに入っている大一不動産には人影がない。堂々と門松がそびえ立ち、一つの灯りもない。

……もう、鍵の受け渡しは済んでいるのか？……

……「アイツ等、今日からマンションに住むのか。二人で」……

理恵が独り言を呟き、助手席で身体を細かく揺らした。悔しさからくる震えが理恵の感情を表している。理恵の気持ちを先回りして話しかけた。

「悔しいね。でもアイツ等、あと何日、生きて、い、ら、れ、る、の、かな？」

着々と進めている〝ヤミの作戦〟には、もう、マンションも白い粉もスーツの数も関係ない。浩司と彩乃の行動パターンを見抜き、いかに仕掛けるかだ。

春日部の街に落ち始めた雨は〝チーム青木〟の到着を二人に知らせる。

「アイツ等、春日部に入ったな」

「うん、来たね」

間もなく本降りになった冷たいいたずらは四トントラックを強く叩き、浩司の顔で弾けた。

調査車両はX３に照準を向けると、直ぐにマンション前に〝チーム青木〟のトラックを見つけた。その前をゆっくりと行き過ぎ、マンションがよく見える少し離れた所から観察を開始。

交替で車から降りては背筋を伸ばし、膝の屈伸をしてその時に備えた。

年の瀬の夕方は早くきた。一五階建てのマンションの上から一〇番目くらいの部屋に灯りがつき、人影がちらついた。スマホで写して、指先で数えてみたら五階の角部屋だ。

「浩司のヤツ、同じ五階の角部屋にしやがって」

理恵と浩司が暮らしたマンションも、同じ五階の角部屋である。偶然とは思えぬ〝意地悪〟が理恵の心を揺さぶった。理恵は一人、車から降り、浩司と同じ凍てつく雨に打たれた。固まりながら下を向く理恵の心が、大粒の涙の雨で洗われる。

……「冷たくなんかない。あたしは熱いよ」……


暫く雨に冷されていた理恵に温かい声をかけた。

「理恵、風邪をひくからもう入りなさい」

「う、うん。ありがとう」

「荷物運びが落ち着いたら、浩司と彩乃は、食事とか買い物とかに出るだろう。それを追跡したいんだ」

「何で？　そんなのもう関係ないんじゃない？」

「いや、考えがあるんだ」


黒い雲はたくさんの冷たいいたずらで〝チーム青木〟を痛めつけ、荷物運びが終わるのを確認し、東の空に消えていった。

調査車両を少し離れた運動公園まで移動させ、その傍らに停めた。運転席のシートを倒した時、サイドシートの理恵も同じく倒した。二人は目を閉じ、暫くの時を過ごす。

春日部の街は雨によって冷たく洗われた。まだ雨の匂いが残っている街。真冬の低い天にたくさんの星が輝く。探偵が車から降り、天を見上げていると、理恵が額から飛び込んで来た。理恵を胸で受け止め、両手を理恵の背中に回し、力強く抱きしめた。

澄みきった夜空を見上げていると、二人に無数の星が素敵に降り注いだ。

その時、真夏の太陽にも負けじと、力強い流れ星が一つ、二人の前を駆け抜けていった。

「来年も本当に小石のカケラをプレゼントしてくれる？」

「うん、理恵が受けてくれるなら、小石のカケラじゃなくて……」

「えっ？　何？」

「白い、粒《つぶ》」

「えっ、白い粒《つぶ》？　バカじゃないの」

二人は肩を寄せ合い、二〇〇メートル先のマンションに目を向けた。

「理恵、五階の灯りが消えたよ。さぁ行こう」

真冬のプラネタリウムを出た二人はX３・アーバンを追った。追いかける車の中で理恵はマミーに電話を始める。

「もしもし、マミー。今日も遅くなりそうなんだ。ごめんね」

「ふん、大丈夫よっ。好きにしなさい。ブツブツブツ。どうせ今夜も帰って来ないんでしょ。ブツブツブツ」

マミーが吐き捨てた冷たい言葉にドキドキしながら理恵が声を振り絞った。

「雅弘に代わって……」

「ふん。ブツブツブツ」

スマホから漏れている会話が探偵の耳に入る。

「もしもし、マサ、ごめんね」

「ママ、頑張ってるね。ボクとサオリは大丈夫だよ。今日、マミーとデパートに行ったんだよ。何を買ったと思う？」

「まさか、蛇？」

「ママ、ブッブー。残念。答えはハムスターです」

「あー良かった。ハムスターなのね。わかったわ。紗央莉を頼むね。早く寝てね」

強い。いや、強い振りをしている雅弘の言葉は母親には悩ましい。

「理恵、マミーはまたハムスターを買ったのか？」

「うん、そーみたい」

「遂に蛇が登場かと思ったよ」

「だよね」

調査車両の中、二人の笑顔はアーバンに急いだ。

ＧＰＳはマンションから歩いて五分の所にある大型ショッピングセンターの駐車場を示した。

「ここ、さっきの店じゃないか。スーパー中央って。写した画像を確認してくれ」

春日部の街に入った時、街中に貼られていた〝街おこし〟のポスターを理恵に写メしてもらっていた、その店である。

「うん、ここだよ」

「よし、ここならマンションから近いな。ここがヤツ等の買い物に最適な場所になるな。でも、探偵さんにも最適な場所にしようぜ」

ポスターにあった〝スポンサー募集〟を見て閃いていたのだ。このスーパーであると確信し、いよいよ作戦に向けて電話を入れたのである。

「もしもし、街おこしのポスターを見て電話をしました」

「ありがとうございます。春日部の街を盛り上げ……の件ですね」

「はい、スポンサーとして賞品を提供したいのですが……」

「それは素晴らしいです。こちらにお越し頂けますか？」

「わかりました。明日の午前中に伺います」

電話を終え少しの間、言葉を止めた。心の中で気持ちを整理してから理恵の様子を伺う。

昼だけで言葉の素振りをしてから、男としての勝負に出る。

「さぁ、理恵、今日の追跡はここまでだ。明日の朝まで時間が空いたよ」

「マミーもあたしたち、どーせ、今夜も帰って来ないって思ってるよね。どーする？」

た。


「うん、いいよな。行こう」

「うっ、うん」

理恵の肩に手を回し、瞳を見つめた。その後、二人はゆっくりと街外れの♡♡♡♡♡に入った。

翌朝、二人はコンビニで熱いコーヒーを買い、スーパーに向かった。

「昨日、スポンサーの件でお電話をさせて頂いた者です」

「あっ、はい。お待ちしておりました」

髪を七三に分けた、か細い男性スタッフが、雑然とした応接室に二人を招き入れた。

「私としましては、郷土、春日部のために、是非お若い方にチャンスを与えたくて、三泊四日のフィリピン・マニラ旅行ペア一組を提供させて頂きたいと考えております」

「あっ、そうでございますか。大変にありがとうございます。何か条件はございますか?」

「はい、こちらのお店のお客様である事として……」
※一月七日正午までに、一〇万円分のレシートを集めて頂く事
※ペアのお二人の年齢がいずれも、三四歳以下である事
※お使いの携帯電話の番号に０００３＝００３３＝００３４＝００４３＝００４４＝０００４　この番号が含まれている事
※お使いの自動車ナンバーに・・・３＝・・３３＝・・３４＝・・４３＝・・４４＝・・・

４　が含まれている事
「この条件を充たしている方に、権利を与えてはいかがでしょうか？　複数組がいたら抽選で」

「はあ、これは何かの数字ですか？」

「はい、春日部の郵便番号から取りました。春日部は３４４−☆☆☆ですよね」

「なるほど、それは素晴らしい。早速、ポスターの製作に取りかからせて頂きます。お二人は贈呈式にはお見えですか？」

「いやいや、私たちは恥ずかしがり屋なもんで。あと、ご当選の方のお名前、ご連絡先等を教えてもらえますか？」

「もちろんです。航空券の手配等に必要ですからね」

「はい。そうなんです」

「畏まりました。上司と打ち合わせしてご連絡致します」

浩司の携帯電話、下四桁は＝００４３
アーバンの車番は＝・・３４
車に戻ると理恵が笑いながら頷いた。

「なるほど。これじゃ浩司君たち、ご当選ですね」

「そうだな。引っ越ししたばかりで二人にはたくさんの買い物があるだろうしな。一〇万円くらい、直ぐに買うよ」

翌日の朝一でスーパー中央から電話が入った。

「この度はありがとうございます。ポスターが出来ました。掲示する前に一度、ご覧頂けますか？」

声の主は昨日の男性であった。

二人は近くのファミレスでモーニングを済ませ、スーパーに向かった。事務所にはたくさんのパソコンが並び、一〇人ほどのスタッフが忙《せわ》しく動いている。間もなく太鼓腹の中年がやって来た。前日とは違う部屋に通される。

「どうぞ、こちらへ。私は支配人をしております川島と申します。どうぞ、宜しくお願いします。この度はありがとうございます。これがポスターです」

支配人は単価の安そうな名刺を二枚取り出した。探偵と理恵、それぞれに手渡し、笑顔でポスターを広げた。

ポスターを見せられたあと、四つのキーワードが口頭で説明された。
①春日部にお住まいの方↓↓キャンペーン初日に発表
②ペアの年齢が共に、三四歳以下である事↓↓一月三日発表
③お使いの携帯電話の番号が０００３＝００３３＝００３４＝００４３＝００４４＝
０００４　である事↓↓一月五日発表
④お車ナンバーが・・３＝・・３３＝・・３４＝・・４３＝・・４４＝・・・４　である事↓↓一月七日の最終日に発表

①〜④まで達成された方は一月七日正午、入口正面にて贈呈式をするとの事。
「もし当選者がいなかったらどうなさりますか？」

川島支配人が尋ねてきた。

「そうですね、翌月に数字を変えて継続しましょう」

「それはそれは。ありがとうございます」

支配人は満面の笑みでスポンサーを受け入れた。

支配人室を出て車に戻り、理恵に浩司の当選確率を説明した。

「理恵、確率を計算したんだよ。当選確率は天文学的な数字だ。支配人も計算しただろう。そんな簡単に当選者が出るわけないと」

「お店側はうれしいよね。来月までお客様を引っ張れるからね」

「そうなんだよ理恵。俺たちも売上に貢献だ。しかし、俺たちは知っている。歩いて僅か五分の所に該当者が住んでいる事を」

これに引っ掛かれば、今までわからなかった彩乃の本名、生年月日、それに携帯番号までがわかる。彩乃とはＴＴＯＯＰＰ　Ａでの源氏名であろうから。

生方は当選発表の朝に出発するが、確率からして日程変更は不要と読んだ。

☆

スーパーには新年早々、たくさんの買い物客が集まっていた。店の入口では樽酒が振る舞われ、門松を通り過ぎた客が笑顔で口に含む。中には何度も何度も入口を行き来し、遠慮なく顔を赤らめていく客もいた。店にはそういう客も大切。人とは人が集まっている所に群がってくるものだ。集客には絶大な力を貸してくれる。

一つの家族連れが仕掛けられたポスターに気付いた。まだ最初のキーワード〝春日部に在住〟しか発表されていないので、この家族もこの時点では有権者である。

「お母さん、レシートをしっかり集めておきなさい。当たるかも知れないぞ。マニラか。大きなバッグが必要だな」

「イヤだ、お父さんたらっ」

少し気の早いお父さんのようだ。その家族を見たカップルが足を止めた。若い二人も笑顔で話している。更にもう一組、もう一組と、あっという間にポスターの周りに人垣が出来上がった。

店内巡回のため、フロアーに出た川島支配人は心の中で拳を握った。

……よし、よし。順調に売上が伸びそうだ……

その時、浩司は青木と一緒に岩槻インター近くの駐車場でバーチャルダウトの到着を待っていた。数日ぶりの取引なのか、いつもより一回り大きなバッグを持っている。

青木の三本目の煙草が終わった頃、黒塗りのバーチャルが登場した。深々と頭を下げる青木に男は少しだけ右手を上げ笑顔で応じた。約一〇分くらいであろうか、お互いの荷物の交換を終えた二台の車は別々の方向に散った。もう、調査車両はこの現場には行かない。それはあまりにも危険な追いかけであるから。

青木とは一体、何者なのか？　浩司がカミングアウトした通り、青木と書いて〝キケン〟と読むのか。ＧＰＳを見ていればＸ３・アーバンが岩槻にいる事、そこに一〇分間停まっている事等、全てがわかる。今は浩司と彩乃がどのタイミングでポスターに気付いてくれるかだ。この事にしか感心がない。生方の出発まで僅かな日にちしか残されていない。締め切り前日までに獲物に反応がなければ、西麻布の本田に連絡をして日程を変えざるを得ないのだ。

当選決定の二日前、一月五日。この日は日曜日。何か動きがあるのだろうと察知していた。昼過ぎから理恵と二人、スーパー近くでＸ３の動きを見張った。スーパーから歩いて僅か五分の距離。普通なら歩いて行く距離だ。もしクルマで向かったのならば、それは大量の買い出しだと予想が出来る。一〇万円以上の買い物をクリアするだろう。

理恵と近くのファミレスで昼食をとり、いつでも動けるようにして、アーバンの動きを待った。待つ事三〇分。

「動いたよ」

「よし、店内に先回りしよう。二手に分かれよう。理恵は彩乃に張り付け。顔を見られないようにしなさい」

「うん、気をつけるね」

ターゲットを中心にして二人は遠巻きに見つめる。浩司たちはなかなか分裂しない。観察している二人に熱々ぶりを見せつける。ラブラブラブリー。だが、今の理恵は大人になっていた。新たな恋愛でも始めたかのように、尖らず冷静に観察を続けた。

彩乃がトイレに立ち寄った時、外で待っている浩司の目にポスターが飛び込んだ。ポケットからレシートを取り出し、合計金額を計算する。トイレから戻って来た彩乃にポスターを指し説明をした。

商品棚の二列向こう側で、買う必要もない品物をショッピングカートに詰め込んでいる理恵と目が合う。

……うん……よし……

……よし……うん……

お互いに頷き合った時、突然店内の照明が落ちたのか。探偵の立っているその場所だけが暗くなり、黒い影が被さってきた。後ろに立った男が金縁の眼鏡を光らせ、黒い顔で言葉を発してきたのだ。

「★青木です★あ、お、き、です」

「ア、アオキって？」

振り返ってみると〝ヤバい〟何とあの青木が黒い顔をして立っているではないか。

「青木さんって？　どちらの青木さんかな？」

わかってはいるが、わざととぼけて聞き返す。鼓動の高鳴りは否めない。

「おとぼけにならなくていいんですよ。探偵さん。ゆっくりとお話ししたい事がありましてね。全て私、彩本にはわかっていますよ。またお会いしましょう」

テンション高く一方的に笑顔で話し、あっという間に去っていった青木。

……あの夏の暑い日に黒い雲に乗ってやって来た青木……

……一三年前にも浩司に絡んでいた青木……

……会社に乗り込み、浩司を牛耳っている青木……

……彩乃まで仕掛けてきた青木……

青木はなぜ自らの存在を明らかにしたのか、何で調査がバレていたのか、どこまで二人の事を見られていたのか。不安を顔に表し、暫し呆然と立ちすくむ。理恵の事が心配になり、店中を捜し歩いた。しかし、理恵は既に姿を消していた。青木の顔を知っている理恵は瞬時に異変に気付き、春日部駅に走ったのだ。青木が立ち去って一〇分以上待ち、理恵に電話をした。

「理恵、大丈夫か？　どこで合流しようか？」

「銀座。一度、銀座まで電車で行ってみるよ。どうせ、今は春日部の近くでの合流は危険だよね」

「わかった。銀座四丁目の交差点の近くで会おう。気をつけてな」

春日部駅から銀座駅までは、北千住駅乗り換えで五九分。日曜日の高速道路は渋滞がない。車で走っても一時間。銀座合流はちょうどいいタイミングであろう。

心にかなりの不安を抱えながら車を飛ばした。四丁目で理恵を見つけ、車に乗せる時、二人でキョロキョロと辺りを見回した。

……いつから見られていたのか？　何を見られていたのか？　どこまで知られているのか？

……

いや、青木に見られていたって関係ない。〝暗殺ツアー〟までがバレていなければ。もう構わず前に進むだけだ。

車に乗った理恵が声を弾ませた。

「ねぇ、びっくりしたでしょう？」

「いや別に。ぜんぜ～ん、へっちゃらだよ」

「ウソつけ。顔がテンパってたよ。青木に何を言われたの？」

平静を装っていたが理恵は鋭い。強張った顔を覗き込んできた。

「私、彩本は全てを知っています。ゆっくり話したい事があります。また、お会いしましょうってさ」

「えー、どっ、どーするの？」

「とりあえず関係ないよ。暗殺ツアーを進めるだけだ。そのうちに青木から連絡がくるかも知れない」

こんな時でも慌てない。物怖じしない理恵は強い。着々と作戦を進める。

「あの二人、もう七万円以上の買い物をしたみたいだよ」

「まじか。あと三万か。はまったな。よし、生方は計画通りマニラに行かせられるな」

新しいマンションに帰宅した浩司に彩乃が話しかけた。

「浩司さん、三つ目のキーワードが発表されたよ。スマホの番号が０ ０ ４ ３……だって」

「まじか。俺にピッタリだな。おう、来たぜ、来たぜ。あと一つだ。当たるかも知れないな。か、い、が、い、旅行。早く二人で行きたいな」

我等が刺客、生方も遂にこの日を迎えた。とても楽しみにしていたこの日。浩司と彩乃が〝暗殺ツアー〟のステップを順調に登っていくのが確認された。赤いパスポートを胸のポケットに入れ、笑顔の生方は予定通りマニラに飛んだ。一つの封筒をマニラ空港で渡すという大きな仕事をするために。生方は早朝の大宮駅からリムジンバスに乗り、はつらつと成田空港に向かったのである。

……頑張って来い、生方……

☆

最終日。理恵と二人、昼前からスーパーの事務所に控えた。店内各所に設置されているモニター画面を事務所から見ようと。ここなら青木に見つからない。

川島支配人と他愛もない話をしていた。正午が近づいた。既に入口正面の特設ステージ前にはたくさんの客が集まっている。だが、モニター画面が何度切り替わってもターゲットである二人の姿がない。支配人が立ち上がった。

「では、私は特設ステージに行って来ます。お二人もご一緒にいかがですか？」

「いやいや、私たちは恥ずかしがり屋なもんで」


支配人がいなくなり、理恵と二人きりになった。事務所の中で小さな声で話す。

「理恵、アーバンはどこだ？」

「えーと、今、岩槻のいつもの受け渡し場所を出て、春日部方面に向いたよ」

「スネークは？」

「スネークも岩槻だよ。でも、岩槻から土呂方面に向かっているみたい」

「了解。じゃあ青木は浩司とは一緒ではないな」

「そうだね、ちょうどいいね」

ひと仕事を終えた浩司は彩乃に電話を入れた。

「時間がギリギリなんだ。スーパーのステージ前で直接の待ち合わせにしよう」

ステージ前のモニター画面。たくさんの客が集まり、今や遅しと発表を待っている。最前列に彩乃を捉えた。

「それでは、最後のキーワードを発表させて頂きます。さぁ、どなたにフィリピンツアーが当たりますでしょうか？　今、皆さんのお住まいは春日部。その郵便番号は……」

駐車場から浩司が走った。

「春日部の郵便番号は３４４－☆☆☆という事で、今回は〝郵便番号〟から数字を決めました。皆さんのお車ナンバーに・・３４……が入っている方。この方が今回のご当選となります」

次にモニター画面が切り替わった時、いつの間にか、ステージの上で抱き合っている浩司と彩乃を捉えた。

「おめでとうございます」

川島支配人が甲高い声を張り上げた。浩司と彩乃が予定通り、唯一の当選者となったのである。作戦はまんまと成功だ。


「理恵、やったな」

「作戦通り、かかったね」

支配人室を出た二人は口元を緩ませ車に向かう。胸を張って前を歩くとその後ろを理恵が小躍りしながら続いた。

「昼間から生ビールでも飲みに行こうか。たまにはいいだろう」

「行こう、行こう。上手くいったね」

二人は春日部駅西口近くの繁華街に向かう。近くにパーキングを見つけ、その一番奥に車を据えた。少し歩くと中華料理の看板が目に入る。理恵が三つほどの料理を選び、二人でジョッキを合わせた。

「乾杯〜」

「作戦大成功だね。浩司、バカすぎ。なんか嬉しいな。そういえば生方さん着いたかな？」

「そうだな。そろそろマニラに着いた頃だな」

☆

真冬の冷たい風に吹かれても、街路樹は僅かな太陽を浴び、力強く立っている。まだ小さな芽吹きを固く閉ざしたまま。新年を迎えれば〝春〟とは言うものの、柔らかい陽射しには遥かに遠い。

二人はお互いの瞳を見つめ合いながら生ビールを求めた。飲んだ。飲み過ぎるくらい飲んだ。まだ〝暗殺ツアー〟が動き始めたばかりだというのに、既に計画が成し遂げられたかのように飲んだ。飲んだし、唄いもした。

昼過ぎから飲んでいた二人は店を二軒目三軒目と進めていた。それでも、片時も生方の事を忘れてはいない。何度も何度も理恵は尋ねてきた。

「まだ、生方さんから連絡ないの？」

ＬＩＮＥなら海外からでも繋がる時代だ。生方はWi-Fiを求め、彷徨っているのか？　着陸予定時間を過ぎ、封筒を手渡す時間もとうに通り過ぎていた。

「まぁ、生方の事だ。なかなかWi-Fiを見つけられずにいるんじゃないか？　理恵、心配は要らないよ」

「だよねっ」

理恵と二人で焼酎に移った。連絡が入らぬまま時間だけがどんどんと過ぎていく。楽しく過ごしていた時間が、次第に不安の時間となり、不穏な予感が額に汗を浮かばせる。

……着信……＋63　1359・・・……

かなりの時間が経った頃、知らない番号からの着信があった。

「＋63はフィリピンからだ。生方からだ。もしもし、生方、生方……」

「……うぶかt…です。しゃ、社長、助ケ、テ……」

「どうした生方…うぶかーたaaa」

それを最後に生方と連絡が取れなくなった。どういう事なのか。生方に何があったのか。二人の顔から血の気が引き、身体が小刻みに震える。

「う、生方さん。大丈夫かな？　どーしたんだろう」

「リー、どうしよう。ヤバいかも知れない」

頭の中が真っ白で、次の言葉が浮かばない。暫く固まったあと、理恵が提案をした。

「本田さん、本田さんに聞いてみたら」

「そうだな」

深夜にもかかわらず、本田は三コールで受信してくれた。

「本田、遅い時間にごめん。何か連絡は入ってないか？」

「おう、どうしたんだ？」

「生方からSOSがきて。それが切れて。それ以降、連絡が取れないんだ……」

理恵が横で耳を立てている。

「わかった。現地に連絡してみるよ。情報が入ったら直ぐに連絡する。携帯が繋がるようにしててくれ」

飲み過ぎた酒も一気にすっ飛んだ。二人で朝まで待った。車の中でエンジンをかけたままずっと待った。いつしか暗い天は、曇った空に変わっていた。どんよりとした空に太陽は顔を出さない。その時はGPSを見る余裕なんてない。

真夜中に本田に電話してから八時間が経過した。終わりの見えない不安との戦い。コンビニのトイレに二度三度と寄ってはいたものの、ハンドルを持つ気持ちにはならない。

……俺たちは何をしているんだろう……

……どれだけたくさんの人たちに迷惑をかけているんだろう……

……子供たち、マミー、本田、川島支配人、そして生方……

一〇時間が経った時、本田からの着信が響いた。電話を取るも、本田は無言のままだ。

「本田、どうした？　何か情報は入ったのか？」

本田は全く喋らない。時間が止まる。暫くの止まった時間が怖い。かなりの時間が経ったあと、本田が唾を呑んだ。次の瞬間、本田が空白を止め言葉を動かした。

「殺られた。殺られたみたいだ……」

「ウソだろ。間違いだろ。間違いだって言ってくれ」

「落ち着いて聞いてくれ」

「……」

「マニラ支店のスタッフを空港に行かせたんだ。日本人が一人撃たれた。全ての荷物を奪われた。残ったのは赤いパスポート一つ。近くに焦げ茶色の靴が片方だけ落ちていたらしい。パスポートにはATSU●HI・U★★★ATA……」

左手からスマホが落ちた。静かな車内に本田の声が冷たく響き、理恵の耳まで届いた。理恵の身体が痙攣し、ガクガクと膝がぶつかる。自分たちの胸の鼓動が耳に跳ね返る。生方の黒くて四角い笑顔が頭に浮かぶ。いつもマイペースな男。靴が焦げ茶色な男。理恵が大きな声で泣き上げた。理恵が後悔して泣きわめいた。

「あたしが頼んだばかりに」

「いや、理恵違う。理恵が絵図を書いたんじゃない。お前に責任はない」

「違うよ。あたしが悪いんだよ。全ての責任はあたしにあるんだ……」

「理恵、全てを解決させよう。解決したら二人でマニラに行こう」

理恵を抱きしめると、理恵の洪水が胸に落ちた。シャツが濡れる。探偵の雫で理恵の背中も濡らした。

……生方はなぜ殺られたのか？……

……誰によって殺られたのか？……

「こうなったら、生方の分まで精一杯、生きよう。絶対に全てを暴くぞ。全てを潰す。悪の全てを。絶対に負けないぞ。理恵、気合いを入れてついて来い」

しかし、二人には更なる追い討ちが。黒い雲がにわかに冬の空に近づいていた。

第四章　退治と対峙

生方はマニラ空港で撃たれた。天涯孤独の生方。日本には何一つ、戻ってこなかった。二人は全くパワーが出ない。アイディアも浮かばない。マニラにしろ国内にしろ、浩司と彩乃を討つ手段が決まっていない。浩司がマニラに向けて出発する三月一〇日が容赦なく迫ってくる。残された期間は七週間。それまでに全てを決めなくてはならない。

自分がマニラに行き、直に殺し屋を手配するのか？　それとも誰かをマニラに派遣するのか？　または新たな作戦を考えるのか？

動かなくてはならない。ならないが動けない。何をしていても生方の黒い笑顔が頭に浮かぶ。何も進めずに二週間が経った。何も進めずに二週間ぶりに理恵に会った。理恵はＧＰＳを全く見なくなっていた。Ｘ１がどこにいても、Ｘ３が誰といても関係ない。生方の命が奪われた事を自分のせいだと思い続ける。理恵の吐いたため息を吸い込み、理恵に力なく言葉をかけた。

「理恵、今日は朝まで一緒にいよう」

目力なく、ずっと無口でいた理恵の瞳が勢いよく尖り、探偵を睨んだ。

「何で？　何するの？　何もしないよ。今、そんな気分じゃないし」

「バカ、そんな意味じゃないよ。少し打ち合わせをしなくちゃ」

自分の発言を訂正するかのように声色を変え、探偵を見つめた。

「じゃー一旦、帰ってもいい？　子供たちをマミーに預ける支度をするから」

「わかった。夕方、マミーの店に迎えにいくな」

「うん、お願いします」


夕方を待たずに理恵から電話がかかってきた。かなり慌てている様子だ。新たな問題が襲ってきたと感じる。

「どーしよう。変な手紙がきちゃったよ」

「理恵、意味がわからないよ。何がきちゃったんだ？」

「黒神弁護士事務所って所から。配達記録っていうのがきた……」

「受け取ったのか？」

「うん、ハンコを押して受け取ったよ。大丈夫かなぁ？」

「了解。早く中身を見たいな」

「一緒に開けてくれる？　一緒に見てくれる？」

「何となく予想がつくよ。もちろん一緒に見てみよう」

……受任通知……『冠省。当職はこの度、山本浩司氏の代理人を受任致しました。貴殿との離婚請求事件につき、今後は当職まで直接ご連絡ください』

「なるほど。浩司が弁護士を使って離婚を請求してきたぞ。理恵が離婚に同意しないから」

「えっ、どーいう事？　浩司が弁護士を使ってきたなんて、もうダメだ。あたしには弁護士を頼むお金なんてないよ。全て浩司の思う通りじゃない。もう、あたしが浩司を刺し殺してくる。罪のない生方さんも殺られたし。あたしが殺って、あたしが捕まればいいんだ」

いつものファミレスの駐車場に停めたが、二人の会話は止まらない。ボリュームの上がった声が狭い車内に木霊する。

「いや理恵、違うぞ。弁護士が出てきた方がやりやすいんだ。いいか、弁護士はあくまでも合法的に動いてくる。だからロハ（只）で別れてくれとは言ってこない。一定の金額、つまり慰謝料や養育費を払うから離婚してくれって事だ。この黒神弁護士をハメてやろう。想定問答をたくさん考え、墓穴を掘らせて、辞任に追い込もう。相手にとって不足はない。抗って勝つぞ」

「そんな事、出来るかな？　そんなのもういいよ。あたしが刺せば済む。あたしの好きにさせて」

「バカ、お前が殺ったら子供たちはどうなるのか考えてみなさい。大丈夫だ。理恵、スイッチが入ってきたぞ。黒神に直談判しよう。黒神にたくさんの条件面の提案をさせる。その提案を次々に否定してやる。どうせ浩司は本当の事、全ての事を話してなんかいない。理恵に正式離婚を納得させて、二人でフィリピンにハネムーンだなんて、絶対に許さないぞ。相手が弁護士を使うならやりやすいぜ。浩司はフィリピンで死ぬ。それまでに少しでも取れる分を絞り取ってやれ」

受任通知を読み終え、黒神弁護士事務所に電話を入れた。落ち着いた雰囲気の女性が低いテンションで電話を受ける。言葉には覇気を感じられない。

「はい、黒神弁護士事務所です」

「受任通知を頂きました……黒神弁護士はお見えですか？」

「確認します。お待ちください」

直ぐに電話が切り替わり、黒神が野太い声で話し出した。

「私が黒神です。受任通知が着きましたか。こちらから離婚への条件をお伝えしたい。いつなら時間がとれますか？　浦和駅から歩ける所だし……」

かなりの上から目線で言葉を選ばない黒神は浦和の事務所に来いと決めつけて言う。横で耳を澄ましている理恵が心配そうにこちらを見つめた。だから余計に気持ちが熱くなる。涼しい笑顔を作り、鼻先で笑いながら言葉を返した。

「なるほど。では、話を聞きましょう。今日、今からの時間はいかがですか？」

「いやいや、いきなり今日の今日か？　今日は差し支えますよ。明日の午後なら吝かではありませんが、どうでしょう？」

「では、明日の午後、理恵と二人で伺います。法廷ではないので弁護士でない私が代理人・代理発言をさせて頂く事もご了解ください。仕事でやっていることではないので、弁護士法にも触れないはずですから」

　翌日、二人で黒神弁護士を訪ねた。浦和駅西口から埼玉県庁方面に向かうとたくさんの法律事務所の看板が並ぶ。古びれたビルの二階に黒神弁護士事務所を見つけた。階段で二階に上がり扉を細く引くと、昨日、電話で対応したであろう女性が受付から立ち上がった。無愛想な態度で二人を一番奥の部屋に案内する。痩せて柔らかみのないソファーに理恵と並んで座り、ゆっくりと四方を見渡した。片隅に置かれている年季の入ったキャビネットの上に模範六法等の法律書物がズラリと連なり、いかにも堅苦しい。殺風景な部屋が二人に威圧をかけてくる。間もなく、分厚いレンズの黒神弁護士がやって来た。話は唐突に始まる。

「えっ、黒神弁護士は毎月の婚姻費用（正式な離婚をするまでの生活費）を一二万円と仰るのですか？」

「はい、浩司さんの年収を元に法廷基準で算出してあります。これを上回る事は出来ませんね」

　黒神は眼鏡のフレームを右手で押し上げ、予定していた質問に想定していた答えを戻してきた。黒神も予定していた返答をしたのであろう。飛び出した腹が得意気に揺れた。

「では、少し質問がずれますが、黒神さん、もしあなたのクライアントがヤミの仕事でたくさんの金を稼いでいたら、あなた、弁護士としてどうされますか？」

「意味がわかりかねます。あなたは何を仰りたいのですか？」

一旦、理恵を見つめ、少しはにかみながら黒神を睨んだ。

「わからないわけがないでしょ？　あなたはクライアントから全ての真実を告げられた上で受任されているのですよねっ」

「はい、もちろんです」

黒神はまだ眼鏡の向こうに余裕の目を浮かべている。

「じゃあ、もしその真実がウソ。ウソをつかれていたら黒神さん、どうされますか？」

「当然、辞任します」

……よし、よし……

この言葉を待っていたのだ。

「わかりました。しっかり記録しておきます。今のお言葉を」

「どうぞ、お好きになさってください」

「では、なぜ婚姻費用が一二万円なのかを詳しくご説明ください」

「はい、浩司さんの年収六五〇万円を法廷基準に合わせて算出しています」

「ほう、年収六五〇万円ね。間違いないですか？」

「はい、もちろん確認してありますよ」

「あれっ？　おかしいな。毎月、銀座のクラブで二〇〇万円の豪遊。それにベンツも買いましたよね。ベンツのローンと車庫代で毎月三五万円。オンナと暮らしている春日部のマンション、あそこの家賃は確か二〇万円でしたよね。それだけで毎月三〇〇万円以上だ。もうこんな生活が七カ月も続いています。まだまだありますよ。◎◎◎に……万円。◆◆◆に……万円。このままいけば、年収は五〇〇〇万円を超える計算になり、これらの全てに私たち二人が証拠を持っていたら、あなたは、どうされますか？」

少し吹っ掛けて期間を長くし、黒神にぶつけてみた。すると、黒神の額から大粒の汗が湧き、眼鏡に垂れた。

「そっ、そんなはずありません」

「では、今、本人に確認されたらどうですか？　ここで」

黒神は太々しさを捨て、小さな声で答えた。

「はい。確認してみます」

二人の前で電話をさせられた黒神は、浩司にきつい言葉をぶつけた。黒神の言葉の変化に動揺は隠せない。

……「もしもし、どっ、どういう事ですか？　直ぐに来てください」……

「では、私たちは黒神弁護士のクライアントとは直にお会い出来ませんので、この辺で失礼いたします。黒神弁護士、もしお考えが変わられたら、ご連絡くださいね」

目の玉に力を込め、口元は笑いながら弁護士事務所をあとにした。胸を張って歩くとその後ろを理恵がはにかみながら続いた。

弁護士事務所を出た二人は車に乗り込み、いつものファミレスに向かう。

「相手がまともなヤツだと話が早いな。でも、常識が通じないヤツ等だと厄介だぞ」

「だよね。少し自信がついてきたよ。もうあたし、蛇が出ようと、青木が出ようと怖くなんかないよ」

「いや、理恵。蛇とマミーは怖ぃよ」

翌日になり、理恵には新たな配達記録が速達便によって到着した。虚偽申告により黒神弁護士が浩司から離れたのである。

……辞任通知……『……この度、辞任させて……』

☆

理恵と見つめ合いながら笑顔で珈琲を飲んでいると、スマホが震えだした。

……着信……090－42◆◆－●◆●◆……

「ちょっと待て。これ誰だ？　知らない番号だな」

臆する事なく電話に出てみた。

「も、し、も、し、青木です」

理恵が口を開け、目を見開く。

「青木さん？　あれっ、どちらの青木さんですか？」

「とぼけなくていいんですよ。先日、春日部のスーパーでお会いしたよな。青木ですよ。彩本だよ」

確かに青木は彩本と語り、春日部のスーパーに現れていた。浩司と彩乃に〝暗殺ツアー〟を仕掛けていた日。あの時、急に店内の照明が落ち、あの場所だけ暗くなった。それは背後からいきなり黒い男、青木が覆い被さってきたからであった。然れど、もう二人は負けない。ヤバいなんて思わない。青木に対して強気に渡ってやると心に決めていた。

「なるほど、あの青木さんね。さて、青木さん。今日はどんなご用かな？」

「ほう、思い出して頂けましたか。今日、電話したのは、お互いにとって得な話がありましてね。お会いしましょう。会った時に詳しく話しますよ。いつ会えますか？　明日はどう？　明日。明日の一三時。いかがですか？」

青木は次から次へとテンポよく、一方的に言葉を刻む。だから少し笑いながら応えた。

「わかりましたよ。お会いしましょう」

「では、理恵さんとお二人で来てくださいね。一三時にあなた方がいつも行かれているファミレスでお待ちしていますよ。金儲けのために、手を結びましょう」

身を乗りだし、青木との会話に耳を立てていた理恵が大きな声で話し始めた。ファミレスの雑踏には様々な音が動いている。しかし、幾つもの音の重なりを越えて、理恵の言葉が耳に飛んできた。

「ヤバいよ。青木は何で携帯番号まで知っているの？　あたしたちの事、どこまで知られているの？　ゆすってくるの？　大丈夫かなぁ？　青木は何を言ってくるのかな？　青木が『お互い得な話』なんて絶対にウソだよ。青木が『手を結ぼう』だなんておかしいよ。絶対に裏がある。ワナだよ」

ファミレスには、子供たちを学校に送り出した主婦たちが和やかに集う。その合唱は今にも泣き出しそうな理恵をあざ笑うかのように聞こえた。だから敢えて笑顔で話した。

「理恵、大丈夫だよ。青木はゆすりをするような小さなヤツではないよ。確かにあの黒い青木が俺たちに『得な話』なんてするわけないよな。どんなワナでも俺たちが簡単に引っ掛かるわけないさ。話を聞いてみよう。まぁ、ともかく明日大きく動く。明日大きく変わる、明日情報が揺れる。楽しみだよ。俺たちは負けない」

「えっ、でも生方さん、殺されたんだよ」

「いや、生方が殺された事は青木には関係ないはずだ」

たくさんの不安を抱えたまま、理恵は少しだけの造り笑顔で、熱い珈琲を取りに行った。珈琲を飲みながらファミレスの天井を見上げた。ここにはスピーカーはない。呑気に語り合う主婦たちの会話が混ざり合い、クラシックよりも激しい多重奏が弾けていた。

翌朝午前一一時、マンションに理恵を迎えに行くため、車を走らせた。額に不安の文字を浮かべ、理恵はマンション前に立っていた。街外れにあり、丸太であしらわれているログハウス的なカフェ。クラシックがよく似合う店に久しぶりにやって来た。温かい珈琲と小振りなピザを頼み、心と胃袋を熱く刺激した。

「ねぇ、青木は何を言ってくるのかなぁ？　何を言われても、これからも二人で会えるよね？」

やはり不安なのか、理恵は自分の頬に手をあてがいながら瞳を投げてくる。それは理恵自身の不安な深層心理を表している様子だ。

……一体、青木が何を言い出すのか？……

……なぜ携帯番号まで知っているのか？……

……これからの自分たちはどうなるのか？……

たくさんの不安が理恵の心に存在し、心の中で行ったり来たりと暴れる。

「理恵、大丈夫だよ。絶対に理恵の事を守るよ。ずっと。クリスマスには小石のカケラをプレゼントするって約束してるだろ」

「うん、良かった。ありがとう。安心したよ。信じてついて行っていいんだよね？」

「もちろんだ。でも、青木よりもマミーの方が怖いぞ。気をつけような」

「だねっ」

理恵の右手を両手で抱きしめたが、理恵は、更にその上に左手を重ねてきた。そろそろ二人には、青木に指定された一三時が近づいている。

「ねぇ、今日は青木より少し早めに行った方がいいんじゃん？」

「いや、逆だと思うよ。わざと少し遅れて行こう。じっくりと相手を動かしてやる。後《ご》の先《せん》だ。つまり相手が動いたところを討つ技だ」

二人はゆっくりと煙草に火を点け、交互に吸う。

……「アメリカンをもう一杯ずつください」……

追加した珈琲を飲み込んで、悠然と出発した。

☆

約束より三〇分も遅れてファミレスに着くと、青木は既にどっぷりと腰を下ろし、キョロキョロと周りを観察していた。マドンナが不思議そうな顔をして青木を見つめている。二人が同じ席に向かうと気付き、不安そうな目で追いかけた。

禁煙席でも構わず、堂々と煙草を続けている青木にマドンナも近寄れない。二人は口元で笑顔を作り、肩を張って青木の席に近づいた。

「青木さんですよね。遅くなりました」

「おう、お二人さん。忙しいところをすみませんね」

青木が探偵を見て続けた。

「えぇーと、何とお呼びしたらいいのかな？　まぁ、社長さんでいいかな？　ねぇ、社長さん。先日、亡くなった生方さんが呼んでいたのと同じようにね」

理恵がびっくりしてこちらを見る。

……何で知ってるの？……

「ほう、生方の事もご存知でしたか。彼には可哀想な思いをさせました。また何で青木さんは生方の事をご存知なんですか？　生方が殺された事に、あなた、青木さんが関係があるのですか？」

「さぁ、それはどうかな？　私は浩司君とずっと日本にいたからね。私もあとから話を聞いただけですよ。いつも理恵さんと社長さん、あんた等、ずっと生方の話をしているよね。生方さんも一生懸命に我々の事を観察してましたからね。私たちも、とっくに気付いてましたよ。あんた等の会話内容なんて、私にはわかってんだよ。岩槻インター近くの仕事場にもよくいらしてましたよね。まぁ社長さん。死んだヤツは生き返らない。いつまで話してても仕方ないんだよ。それから、社長さんと理恵さんが仲良く、二人きりで、朝までご一緒に♡♡♡♡にも行かれてましたよね。全て見てますよ。俺にはたくさんの仲間がいるんだよ。しかし、あんた等も呑気なもんだな。旦那が大変な時にお幸せですね。まぁ、そんな事はどうでもいいのですが」

恐る恐る青木を見ていた理恵がこちらを見つめ、唾を呑み込んだ。

……ヤバい、見られていた……

「青木さん、じゃあ本題をゆっくりわかりやすく話してください」

「はい。実はね、私にはもう浩司君が要らなくなりましてね。邪魔と言った方がわかりやすいかな。浩司君の会社からたくさんの金も奪わせてもらいましたし。たくさんの連帯保証人にもさせて、たくさんの金も引っ張りましたし。ご存知の通り、悪い仕事にも少し手を貸してもらったりとね。でもね、悪い事をするのには少人数がいいんですよ。彼がもうこれ以上一緒にいると、我々も危険でねぇ。我々の業界でいう産業廃棄物っていうヤツですよ。サンパイは要らないんだよ」

「ほう、なるほど。それで？」

青木は冷静に冷たい声で話し続けた。

「近々、始末をしようと考えています」

「随分、残忍なのですね？」

「いや、当たり前の事ですよ。それでね、今日は浩司君の生命保険について理恵さんにお聞きしたい事がありましてね。理恵さん、浩司死亡時の受取金は、五〇〇〇万でいいんだよな？彼は交通事故で命を落とします。彼のハンドル操作ミスではありませんよ。彼は他のクルマに轢かれて死ぬんだよ」

理恵は固まって動かない。

「ほう、誰が殺るのですか？ 青木さん、誰に殺らせるんだ？ 誰だよ」

「ちょっと待てよ。話は最後まで聞け、社長さんよ」

青木は質問を力強くはね除けた。そんな殺伐とした雰囲気が遠くから見つめるマドンナまで届いている。

「いいか、生命保険の五〇〇〇万とクルマの自賠責保険から死亡で三〇〇〇万。合わせて八〇〇〇万の保険金を、我々と折半して四〇〇〇万ずつだ。これで全てを終了にする。金の受け渡しが終わったら、あんた等に会う事は二度とないさ」

短気な青木は突然に凄みだし、言葉尻を上げる。また直ぐに下げる。あまりに不安定な青木の言葉はわざとなのか。

「呑みますか？　呑めるならこの続きを話しますが」

「はぁー、寝言かよ。寝言なら寝てから言え、理恵さんよ。呑むか呑まねーかを聞いてんだ」

「ひ、ヒドイ、酷ぃ」

「酷ぃ。酷すぎる。浩司が可哀想すぎる」

「ひでーとか言ってんじゃぁねーよ。理恵さん、あんたの方がずっと、ひでーよ。浩司も可哀想だなぁ、こんな嫁じゃ。オメー等のやってる事は、調査という名のデートですか？　海外旅行ご招待って、暗殺ツアーですか？　聞いて呆れるわ。どうせヤツは死ぬ。金に換えなきゃ、あんたに何も残らないよ」

「何で浩司が殺されなきゃならないのよ」

「あれっ、ご自分でも殺るつもりだったんだろ」

理恵には返す言葉が出ない。

「我々が殺らなくたって、ヤツはあちこちの保証人になってるんだよ。アイツに騙された被害者がたくさんいるんだよ。どうせ直ぐに殺られるんだ」

「よしっ、わかった。青木さん、話を進めてくれっ」

「おっと、社長さん、きましたね」

「青木さん、誰がどうやって殺るんだ？」

「それは任せておけ。外国人を使うんだ。土地勘があり日本語を話せ日本国籍を持たないヤツ。

そういうヤツを海外から入国させるんだよ」

「海外から？」

「あー。あんた等が大好きなフィリピン辺りからでもね。殺らせて直ぐに海外に飛ばせば警察にもパクられないよ」

青木が話を止めた時、わざと理恵に言葉を振ってみた。

「理恵、四〇〇〇万円だぞ。いいよな、請けよう」

理恵は下を向いた。ずっと返事をしない。

「青木さん、どんどん進めてくれ」

青木は右手で金縁の眼鏡を外し、直に瞳をぶつけ睨んでくる。

「あれっ、理恵さんの同意が無いようだね。大丈夫なのかよ？」

「大丈夫だよ。理恵はあとで口説く。話を進めろ」

「流石、社長さん。理恵さんとはお深い仲のようで。細かい事は、また連絡する。待っててください ね」

嘲笑う青木が席を立とうとする。探偵がそれを右手で止めた。

「ところで青木さん。あんた、生方の最期を知っているのか？」

「最期？　生方の最期？　そんなの知らねーなぁ。最期を迎えるのは浩司君でしょ。あんたの最期にならねーように、せいぜい気をつけてろよ」

テンション高く、ほぼ一方的に話した青木は駐車場で待たせていた黒いバーチャルに乗って西の空に消えた。まるで二重人格な青木と入れ替わるように、素直な太陽が冬の空に甦った。真冬にしてはやけに強い陽射しが窓から差し込み、二人の気持ちを更に熱くした。

「青木って、かなりヤバい人よ。何で勝手に返事なんかしたのよ。バカバカ」

「本気で返事するわけないだろ、理恵。青木を泳がせよう。青木を使おう。考えが閃いたんだ。理恵、ついて来れるか？　これからが勝負だ。忙しくなるぞ」

「社長のバカ。バカ、バカ」

「理恵、よく聞いてくれ。考えた作戦とは……」

駐車場の車に向かいながら理恵に言葉をかけた。同時に独り言を自分にも発したのである。


……「青木さんよ、お前だって、生かしてなんか、おかないぜ」……


「理恵、音の無い所に行きたいな。何の音も無い所」

「だよねっ。絶対に行きたい。人の話し声も無い。スマホも鳴らない。そんな所に」

「そうだ。お前の声だけ聞こえればいい。波の音に鳥のさえずり。それが全てのＢＧＭな所。がんばろうな」

「うん」

カラスが二羽、大きな声をあげて頷き、黒い雲を追いかけて西の空に消えていった。

第五章　刺客の襲来

恋愛とはブランコのようだ。公園に揺れるブランコのように鉄の鎖で心を結ぶ。二つのブランコが同じ方向に、同じ速さで波を描いている時は楽しい。お互いの息遣いも肌の温もりも伝えあえる。

しかし、ひと度波長がずれると、追いかける方と追いかけられる方がそれぞれに違う波を打ち、高い位地でも低い位地でも絡みあう事なくすれ違う。そして遂には鎖が切れる。

青木とのファミレスを終えた二人は、たくさんの大樹に囲まれた大宮公園に向いた。広い駐車場にたくさんの木々を設えた広い公園。夕方の寒い公園には、はしゃぎ回る子供たちも、健康をテーマにした年寄りたちの姿もない。二人がゆっくりと歩く小径の傍らには大きな池があった。たった一枚の葉っぱすら持たない大きな欅が冷たい水面《みなも》に浮かぶ。

「浩司も憎いけど、青木の方がもっと憎いよ」

理恵がポツンと言葉を池の中に投げ込んだ。まるで小石を投げ落としたかのように小さな波紋が一回り一回りと大きくなり水面を揺らした。

水面が平らになりかけた頃、理恵がもう一つ小石を投げた。

「やっぱり殺そう。二人ともあたしが殺ってやる」

さっきより大きな波紋が浮かび上がり、池の向こう岸に弾けた。

既に理恵の心の鎖は、理恵自身によって引き裂かれていたのだ。

「そうだな、殺ろう。完璧に。俺たちが捕まるわけにはいかない。完全犯罪が必要だ。雅弘と紗央莉のためにも。俺たち二人のためにも」

会話を聞いていた気の早い月が二人を優しく照らした。

暫く小径を進んだ時、二人は公園の片隅にあるブランコに辿り着いた。ブランコに腰を下ろした理恵の背中を柔らかく揺らした。小さな波に乗って揺れた理恵の背中を二度も三度も優しく揺らした。何回か揺らしたあとでブランコごと被さり、背中から抱き寄せた。

広い公園には何の音もない。理恵との会話にブランコのきしむ音が気軽に絡む。それが全ての音。二人だけの世界を一番星が見つめていた。

「理恵、暗殺計画について話したいんだ。あのカフェに行こう。あそこならクラシックなBGMが俺たちの作戦会議の声を掻き消してくれるよ。誰にもバレるわけにはいかないからね」

駐車場に向かって歩き出すと、ポケットに入れていた手を理恵に引っ張り出され、その手に理恵自身が手を絡ませて、温もりを心に伝えてきた。


街外れのカフェはこの日もクラシックが優しい。熱いアメリカンを二つ頼み、出てきた珈琲を僅かに口に含みながら話し始めた。

「理恵、いいか。ゆっくり、ゆっくりと説明するぞ。頭の中に絵を描きながら想像してくれ」

「うん、お願いします」

「浩司と彩乃のフィリピン旅行が迫っている。今までその時にどうやって葬るかを考えていたよな。しかし、このままでは青木が先に浩司を殺ってしまう。青木が邪魔な産業廃棄物を近々始末するって言ってたからね。日本国籍を持たない殺し屋をフィリピンから連れて来るとも。青木に殺らせるつもりはない。当然、青木と組むつもりもない。青木と浩司は二人とも一緒に、俺たちが葬る」

「うん、あたしもそう思っているよ」

「よし、頑張ろうな」

理恵は声を耳で見つめ、瞳で聞いてくれた。

「生方はマニラで撃たれた。もう、日本国内で殺るしかない」

「うん。それで、どーしたらいいの？」

「氷とガソリンだよ」

「えっ、何。それ？」

探偵は胸のポケットからペンを取り出し、テーブルナプキンの上に動かした。

「洗面器で大きな氷を二つ作る。それぞれの真ん中を削って張り合わせ、そこにガソリンを入れるんだ。これで氷に囲まれたガソリン爆弾が完成だ」

「ちょっと待って。ガソリンはどーやって入れるの？」

「アイスピックを使うよ」

「なるほどね。アイスピックならマミーの店にあるしね」

「アーバンのスペアキーで車内に仕掛ける。青木と浩司が二人で仙台に走る日を狙うんだ。GPSのデータを見ると、この二カ月は二週間に一度のペースで仙台に走っている。青木と一緒にだ。つまり実行日は今から二週間以内だ。アーバンの後部座席の足元にこのガソリン爆弾を仕掛ける。今の季節、二月の気温なら氷が解け始めるまで四五分。八〇分後には全ての氷が解け、アーバンの後部座席はガソリンに染まる。ガソリンは空気より重いから後部座席の足元に滞留するんだ。一分間で三グラム。一〇〇分間で三〇〇グラムが気化するぞ。ヤツ等は東北自動車道を仙台に走る。最初の八〇分、岩槻インターから一〇〇キロくらい、この辺りまでは車が多く、カーブが激しい。だから煙草を吸い始めるのはこのあとだろう。ライターでカチッとした瞬間にドカン。土呂の事務所を出てから二時間、一五〇キロ走った頃、那須インター近くの空にアーバンは舞う。黒焦げになり、何も残らないぞ。理恵、わかるか？」

　理恵は目を丸くし、唾を呑み込んだ。

「わっ、わかるけど。ガッ、ガソリンの臭いで気が付くんじゃない？」

「理恵、ガソリンは気化しても空気より重いから、床面から七〇センチ以上にはいかないんだよ。カタログで確認したけどアーバンは床面から天井まで一二八センチなんだ。座席に座っている浩司と青木の顔の位置は、九〇～一〇〇センチになる。更にエアコンも前から後ろへと風を送る。だから気が付かないよ。ガソリンの臭いに気が付いた時には、もう遅いんだ。仮に気が付いても、高速道路を猛スピードで飛ばしていたら止まれないさ。止まって追突されても、大爆発だぞ」

暗殺計画に相槌を打つかのように、カフェの天井ではピアノの鍵盤が激しく弾け、スピーカーから二人に飛び散った。理恵は戸惑いながらも爆弾計画を頭の中で動画とし、説明された順番通りに東北自動車道のアーバンを追いかけた。

最後のシーン、浩司が煙草に火を点ける瞬間、天井を見つめた。見つめたままで動かない。

……これでいいのか？……

……本当にこれでいいのか？……

少し間をあけてから理恵が口を動かした。

「なるほどだよ。わかったよ。凄い作戦だね。あたし、この作戦に乗ります。でも、実行する日程はどう探るの？」

「青木に聞くんだ。青木を利用するんだ。青木と打ち合わせをする振りをして、ヤツ等の行動を探るよ」

この二カ月間、白い粉の取引は、岩槻インター近くと仙台の勾当台公園の地下駐車場。二つの場所を交互にしている事はＧＰＳによって暴かれていたのである。

「絶対に成功させような。マニラに散った生方のためにも」

話を聞き終えた理恵は、カフェの小さな窓から冷たい外を見つめた。理恵の背中をＢＧＭのピアノが追いかけ、背中で鍵盤が激しく暴れた。震える理恵に挟む言葉が見つからない。

瞬きを止めた理恵の瞳にうっすらと溜まっていた涙は、いつしかその量を増やし、二つの流れとなって頰を伝わった。

「浩司って、残り二週間の命なのね。浩司、何であたしを裏切ったの？　何であたしが浩司の命を奪わなくちゃならないの？」

理恵はクラシックに負けないボリュームで独り言を窓ガラスにぶつけた。

……「あたしたちに、あの夏の日は戻ってこない」……

遥かに離れた成田の空に黒い流れ星が一つ、東南の方向から近づいていた。時を同じくして、仙台の街では一台の黒いバーチャルダウトが岩槻インターに向けてエンジンをかけた。白い粉の取引のために。

☆

「バカじゃないの？　何を言ってるの？」

理恵と二人で練り上げた爆弾計画は、あっという間にマミーによって店の床に叩きつけられた。

「そんな事、出来るわけないでしょ。そりゃあ、ガソリン爆弾は素晴らしいアイディアよ。爆発までは辿り着くでしょう。でもね、問題はそこからよ。あんたたちが、ずっとＧＰＳを使って浩司を追いかけている事なんて直ぐにわかるわよ。それに保険金を受け取るのは理恵よ。不思議な爆発事故が起きれば、真っ先に疑われるのは受取人の理恵。その受取人がずっとＧＰＳ

を操っていたら警察はどう思うの？」

「いや、マミー……」

「あんたたち二人には、浩司と青木に対する動機や殺意もあるし、あんたたち二人は死刑よ。二人を殺れば死刑が相場よ。この一件であんたたち二人、青木、浩司、生方さん。五人が死ぬなんて」

「はっ、はい」

「浩司と青木を殺る事は大賛成よ。最初から社長が言っていた通り、わたしたちの目的、つまりベクトルの統一化よね。でもね、危険すぎる。殺り方を考えなさい」

「マミー、でも、時間が無いのよ」

「理恵、あんたには二人の子供もいるのよ。あんただけの命じゃないのよ」

ガソリン爆弾はアーバンに仕掛けられる前にマミーの店の中で弾けた。理恵がこちらを見つめるぼーっとした視線には勢いがなく、二人の間の空気に止まっていた。探偵はマミーを見つめたが、瞳に力を失い、空中に浮いてしまった。マミーは理恵の横顔をヌルッとした冷たい瞳で殴り付けた。

瞳の三角関係は店の時計を止め、暫くの時間を忘れさせた。その時、外を流れる冷たい風がドアの隙間から店内に忍び込んできた。風に揺らされたコースターが一枚、カウンターの横に飛び降りた。マミーが立ち上がりカウンターに進んだ時、ハムスターがケージの中のブランコから崩れ落ち、天に舞った。

「あっ、死んだ。ハムスターが死んだよ。寒すぎるから。淋しすぎるから。また新しいのを買ってこなくちゃ」

一つの言葉も持てない二人には全くの構いをせず、マミーは一人舞台で独り言を続けた。

「さて、理恵さん。理恵さんは子供たちをさて置いて、今日も社長さんとお泊まりですよね」

下を向く二人が返す言葉を見つける前に、マミーが二の太刀を振り下ろす。

「もう二人がどういう関係とか、まぁ、何でもいいけどさ。その前に買い物をしたいから二人でついて来なさい」


無理矢理同意させられ、店前で車のエンジンをかけた。するとマミーは後部座席にドカンと腰を下ろし、目的地である大宮のデパートに向かわせた。いつも理恵と二人きりで乗る車ながら、この日は全く雰囲気が違う。助手席に理恵が小さく座った。

「マミー、何を買うの？」

理恵が、か細い声で振り返ったが、マミーは返事をしない。瞳すら合わせてこない。

屋上の駐車場から一つ階段を降りた八階に進むマミーの後ろを、ただただ追いかけた。このフロアーはあの日、二人で来た所。子供たちにクリスマスプレゼントを買いに来た日。屋上の駐車場でマミーの車を見つけ、八階のペットコーナーでマミーの姿を見つけた日。爬虫類コーナーでマミーの冷めた姿を見つけた日。クリスマスのイルミネーションが二人の胸に鋭く突き刺さっていた日。

マミーはこの日も同じ売り場に立った。

「ハムスターが死んだから、ハムスターの買い直しかな？」

探偵が理恵に耳元で呟いた。

しかし、二人の予想とは違っていた。マミーは蛇売場で幾つかの蛇と視線を合わせる。あたかも目と目で蛇との会話をするかのように。

「理恵、ヤバいぞ。買うんじゃないか？」

「もう、どーにも出来ないよ」

マミーが右手を少しだけ持ち上げ、店員を呼んだ。

「この黄色くて、黒い模様の蛇をください。ボールパイソンを」

振り返り、二人に笑顔を投げてきた。

「買ったわよ」

あ然。動けない。ノーリアクション。

ハムスターのケージより一回り大きな包みを店員から受け取ったマミーは、大切そうに自分の手で持ち帰った。二人に頼む事なく。

マミーが店に戻り、包みを開けている頃、一つの黒い雲が、まだ明るい成田空港の上空で着陸態勢に入っていた。

また仙台の空に現れた黒い雲が、スピードを上げて岩槻インターの空に急いだ。白い粉の取り引きに向かって。その黒い雲に背中を押されるように、ブルースネークは土呂駅前から成田に急いだのである。この日は青木に雇われた運転手が刺客を迎えるため、ハンドルを握っていた。

バッグを一つだけ持ち、色黒で角刈りな男が、到着ロビーから出て来た。サングラスをかけてゆっくりと外に進む。空を見上げて懐かしそうに日本の空気を深く吸い込んだ。スピードを上げて進んでいた黒い雲が岩槻の空で止まった頃、黒いスネークが第二ターミナルの到着ロビーに横付けした。

男は軽く頷き、自らの手でドアを開け、後部座席に乗り込んだ。青木が呼び寄せた殺し屋な男。遂に成田に到着してしまったのである。

男は車内で一つの封筒を受け取った。中身はスマホ、何枚かの壱万円札、メモ一枚。

『夕方六時、銀座四丁目の交差点で待つ』

☆

成田空港でブルースネークに乗り込んだ角刈りな男は、新橋駅近くのホテルまで到達した。青木が南の国から呼び寄せた刺客が日本に上陸したのである。この日、青木の代わりにスネークの運転を命じられた男がチェックインを済ませた。刺客はこの男からルームキーを受け取り入室。ここで日本に来て初めて帽子とサングラスを外し、ベッドに腰を下ろした。

高速で都内に向かう途中、運転手から手渡されたメモにもう一度目を投げた。

『夕方六時、銀座四丁目の交差点で待つ』

煙草をふかし、窓の外に視線を移した。たくさんの人が行き交う都会をぼんやりと眺め独り言。

……「マダ、アル、ジカン、スコシ、ハヤイネ」……

何の飾り気もない天井に向かって更に独り言を続けた。

……「ワタシ、ナニシニキタ、ニホン、TOKYO」……

日本人のパスポートより少し色の濃い小豆色な一冊を枕の下に置き、時を待てない刺客はまだ明るい都会にゆっくりと繰り出した。この男には東京の濁った空気がやけに美味しく、何か懐かしさまで感じられた。かつてのマニラのスモーキーマウンテンとは全く違った煙さ。金を出せば、心も命も売り買い出来る街・東京。重く汚れた空気と黒く汚れた感情に様々な騒音が混ざり合っている。

毎日毎日がその中で当たり前のように過ごしている都会人は、濁った空気に麻痺している。大役を請け、踏み込んだ異国の地。殺人刺客という重圧は、男の心に重くのしかかる。

真夏の太陽のように高い所から容赦なく照りつける騒音は、荒波をイメージさせた。足の届かない荒波にさらされた時、人は止め処もない不安を感じるものだ。角刈りな男は少しだけうろたえ、冷たい街並みを観察しながら、新橋のホテルから僅か一・五キロの道のりを一時間かけ、昭和通りをふらふらと泳いだ。

「この仕事が終わったら二度と日本に来ることはないのか。ノーチャンス、テゥ、カムテゥ、JAPAN、アゲイン」

男は銀座四丁目のスクランブルな交差点に着き、果てしなく流れ続ける人波に沈んでいた。暫くして四角い横断歩道が人の流れから車の流れへと変わった時、男の右肩がリズムよく叩かれたのである。

……♪…トントン…♪……

「ハーイ、よーこそ、ジャパン」

黒い顔をした青木がスペシャルな笑顔で立っていた。

「ハーイ、ミスター。今日はゆっくりと楽しく、たくさん盛り上がって、たっぷり話しましょう」

テンション高く一方的に話す青木は、右手を少しだけ持ち上げ、タクシーを停めた。歩いて僅か五分の距離でも、タクシーでは一〇分かかる街・東京。車内でも力強く手を握り、怪しい瞳で男を見つめた。タクシーを降りてから幾つかの小径を曲がった所にあり、決して派手とは言えないが何か趣のある店。TTOOPP　Aの看板は既に灯りを持っていた。

男は青木のあとについて店の入口を潜《くぐ》った。正面の壁には滝が流れ、様々な間接照明がひしめく。立体的な演出は高級感を一層深め、いかにもインスタ映えさせる。

まだ一人の客も持たない店の一番奥のソファーに青木が進んだ。男も青木に促されて青木の隣に腰を置いた。すると、四〇を少し過ぎたであろうオンナが青木と角刈りな男とが並ぶテーブルを挟み、向かい合って座ってきた。

「失礼致します」

「美桜っ、最初はビールを出してくれ」

美桜が視線で合図すると黒服な男が素早く反応した。普段ではなかなかお目にかかれない小瓶なビールが上品なグラスの中で黄金色に響いた。

「ようこそ日本へ。君には色々と世話になる。まぁ、これからたっぷりと説明するからな」

青木に持ち上げられたグラスは、男の前で一気に青木の口に吸い込まれた。黒く角刈りな男は一言も挟めぬまま、青木のテンションは益々と上がっていく。青木は一人で和製英語を並べたが、英語も得意ではないこの男には、独り言にしか聞こえない。

暫くのビールからブランデーに移ろうとした時、美桜が口を開き始めた。

「青木さん、ご挨拶させてください」

「おおぅ、美桜。ごめん、ごめん」

「初めまして。この店のママを務めております、美しい桜と書いて、みお、美桜と申します。青木さんにはいつもお世話になっているんですよ」

美桜は角が丸い長方形な名刺を男に渡した。男は右手で受け取り、胸のポケットにしまう。いつからなのか、ママは彩月《さつき》から美桜に変わっていた。まだ男には知りようもない事ではあるが、人の心を使い捨てにする青木らしい一片である。青木が美桜に紹介した。

「彼が今回の仕事のパートナー・ミスターウービーだ」

「まぁ、ウービーさんと仰るのね。素敵なお名前。ようこそ銀座へ。ようこそTTOOPPAへ」

「美桜、ウービーが日本にいる間は、こいつが一人で来ても、俺の名前で飲ませてくれ」

「畏まりました」

「ウービー、遠慮はするな。ここは俺の店だ。だからTTOOPP　Aだぞ。トップに青木のAだ」

ウービーは少しひきつりながらも酒を進めた。

いつしか店内の客が三組、四組となった時、滝の音より激しくピアノが弾け始めた。ピアノを奏でるスレンダーなオンナの長い髪が間接照明に揺れる。ウービーがふとオンナを見つめると、オンナは僅かに頷き、優しい瞳を投げ返してきた。

ゴージャスな店は、滝の流れと鍵盤の音に間接照明が混ざり合い、ブランデーグラスに溶け、最高級な雰囲気を作り上げる。角刈りなウービーは、柔らかなソファーに浅く腰を下ろしていたが、ゆっくりと深く座り直し、背中をもたれる。暫くの間、ウービーの心がブランデーに蕩《とろ》けていた。


「失礼します。ご一緒させて頂いても宜しいですか？」

さっきまで鍵盤を弾いていたオンナが青木の横で跪《ひざまず》いていた。少し明るめのオンナの髪が、大きく開いたドレスの背中まで届いて艶《なまめ》かしい。先端は微かにカーブしていた。

「おおぅ、美夏ちゃん。一緒に飲もう。ウービーの隣に座りなさい」

「初めまして。美しい夏と書いて、みか、美夏と申します。青木さん、ウービーさん、宜しくお願い致します」

やはりピアノのオンナも代わっていた。以前のピアノのオンナは青木からの刺客として浩司に近づいたオンナ・彩乃である。


軽やかなBGMが滝に溶け、滝は光を動かす。和やかなオンナの声が穏やかなブランデーと混ざり合い、高級感を押し上げていた。青木の悪びれない笑顔にその場の一同が同調する。

「ミスターウービー、今、少し話しても大丈夫か?」

「は、はい、大丈夫です」

「じゃあ簡単にアウトラインを説明するぞ。先ずこれを渡そう。ここに一〇〇万ある。これが今回の仕事料だ。それと仕事料とは別に、はい、三〇万。これは交通費とか食費とか、好きに使ってくれ」

青木は二つの封筒を笑顔で手渡した。角刈りな男は小さく頷き、胸のポケットにしまい込む。青木はそれを待って続けた。

「仕事の実行日は、今週の金曜日だ。つまり、今日は月曜日。だから火、水、木、金。五日目の早朝《あさ》に実行だ。場所は東京駅の八重洲口に近い日本橋。前日、俺と浩司はヤミの取引で仙台に行く。一二時までに土呂の事務所を出発して、客との待ち合わせは午後四時に仙台の勾当台公園の地下駐車場だ。三〇分で仕事を終え、とんぼ返りする。銀座に戻るのは九時頃だ。浩司は夢中で八〇〇キロを七時間で走り、フラフラになりながら人生最後の美味しい酒に辿り着くんだ」

「なるフォード」

「ガソリンを満タンにしたアーバンなら高速での八〇〇キロの走行は楽勝だ。今日の話はここまでだ。この先の細かい内容は明日だ。明日、六時にこの店のこの席で話すからな。それからもう一つ、ウービー、君には今晩の仕事を用意してあるんだ」

「えっ、what?」

「今晩は、この美夏をウービーのホテルの部屋に持ち帰ってくれ。美夏ちゃん、ウービーを頼むぞ。美夏のスペシャルで」

美夏は男を見つめた。男は目を泳がせ、ブランデーに溺れた。すかさず美夏は男との距離を無くす。右膝で男の左膝に触れ、温もりを伝えてきた。

暫くの時間、角刈りな男は酒に酔い、美夏に溺れ続けた。すっかりと最高級な雰囲気に嬲《なぶ》られている角刈りな黒い男、ミスターウービー。ウービーは青木を見ず、美夏に心を置いた。そんなウービーを青木が黒い笑顔で見つめていた。

「美桜、明日は六時に店を開けておいてくれっ。ウービーと六時から仕事の打ち合わせをする。七時になったら、今日と同じようにこの席で飲み始めよう」

「青木さん、畏まりました」

薄暗い部屋に分厚いカーテンの隙間から低い太陽が差し込んできた。男が目を覚ますと美夏のシャワー音が耳に届いた。カーテンを半分開け、煙草に火を点けると、ガウンだけを纏った美夏が恥ずかしそうに話しかけてきた。

「ウービー、美夏は今日もお泊まりしていいよねっ」

返事に困り、男が自分の角刈りな頭に手を当てると美夏が続けた。

「今から美夏は、一旦、お着替えに帰ります。ウービー、あとでね」

六時より少し前の時間に男はＴＴＯＯＰＰ　Ａの入口を潜《くぐ》った。店の奥に進むと、青木は既にどっぷりと座り、煙草をふかしていた。青木の口から次々とこれまでの経緯が語られた。

※浩司との一三年前、最初の出会い

※浩司の会社に潜入した経緯

※彩乃と浩司の現在の関係

※浩司の会社から抜き取った金

※白い粉の取引内容

※理恵たちがＧＰＳを持ち出し、俺に挑んできている様子

※理恵たちが企てた、浩司フィリピン暗殺計画

※浩司が母親と理恵から抜き出した金も俺が使い切った事

※浩司を交通事故死させ、保険金を折半する提案に理恵たちが合意している事

※ＴＴＯＯＰＰ　Ａのスタッフでさえ不要となったら入れ替えた事

白い粉の取り引きについては、浩司を仲間に入れる事により、浩司が警察に垂れ込めないようにしたと話す青木。全て俺、青木が考えた〝ワナ〟であると自慢気に笑った。青木のしたたかな笑い声は、何の音も持たない店内に響き、壁から壁へ跳ね返った。更に細かい実行計画が説明された。

「東京駅に近い昭和通り、日本橋三丁目にフラフラに酔っ払った浩司と俺が到着するのが、早朝《あさ》六時一五分。忘れ物を取りに店に戻ろうと、俺から五〇メートル離れた浩司をウービーがノーブレーキで撥ねる。八〇キロで。ウービーはそのままクルマで八重洲口方向に三〇〇メートル走り、そこでクルマを乗り捨ててくれ。出勤して来るサラリーマンに交ざり、ゆっくりと二〇〇メートル歩いて、東京駅八重洲駐車場東側の階段を下りる。地下駐車場ではレンタカーがエンジンをかけて君を待つ。ウービーはトランクに隠れるんだ。クルマは駐車場から直結している首都高速に入り、成田空港を目指す」

青木はメモを広げる事もなく、頭の中に描いている実行計画をゆっくりとした口調で話した。過去にも同じ手口を使った事があるかと感じさせるほど巧妙な手口だ。更に青木が眼鏡を光らせて続ける。

「レンタカーは前日に浩司本人にでも借りさせるかな。運転手は長く日本に住み着いている外国人を使うよ。密入国なヤツを。ウービーは安全な所でトランクを出て後部座席に座り、寝ている振りだ。八重洲口から成田空港までは一一五分。ウービーのフライトは09：30発フィリピン航空ＰＲ４３１便。事故から三時間一五分後、君は雲の中で笑ってろ。日本とフィリピンは犯罪人引渡し条約が結ばれていない。ウービーは逃げ勝ちだ」

青木の高笑いが落ち着いた頃、美桜と美夏が二人の男の席についた。男はこの日も浴びるほどの酒を飲み、この日も美夏を持ち帰った。しかしこの頃、ミスターウービーの心に迷いが生じ始めたのである。

……浩司は青木を信じて金を貰い、オンナ（彩乃）をあてがわれ、最後は殺される……

……俺は青木を信じて金を貰い、オンナ（美夏）をあてがわれ、最後は？……

……青木を信じていいのか？　青木が怖い……どうしたらいいのか？……

酒に泳ぎながらも、角刈りな男の心は、新橋のホテルの小部屋で波を打っていた。部屋に帰ると美夏は直ぐにシャワーに消えた。男はベッドの端に腰を置き、ポケットから煙草を取り出す。天井に向け煙を放っていると美夏がバスタオルで戻りベッドに潜った。

「ウービー、何してるの？　早く来て」

美夏が角刈りな男を求めた。

その頃、理恵たち二人はまだ暗殺作戦が定まらない。悩み続け、日増しに酒の量も増えていた。どうやって浩司と青木を葬ろうかと。

「理恵、早くしないと、青木の……」

「そうだよ、青木の刺客が来ちゃうよね」

二人はまだ、刺客・ウービーの上陸を知らない。

「そろそろ、来ちゃうよね」

「やっぱり殺るしかないか。ガソリン爆弾。マミーに内緒で」

「お金なんか要らない。保険を解約してから殺れば怪しまれないんじゃん？」

「いや理恵、計画がバレたら俺たちが青木に殺られるぞ」

「ふっ。そうね。確かに危険すぎるかも……」

一方、店ではマミーが毎日腕を組み、蛇を相手に何かを呟いている。

「ブツブツブツ。ブツブツブツ」

どちらにしても日にちがない。青木の描いた作戦実行まで水、木、金。その金曜日にドカン。

☆　☆　☆

水曜日の夜、一台のタクシーがマミーの店の前をゆっくりと通り過ぎた。一〇〇メートルくらい先で降りた男は、色が黒く角刈りな中年。辺りを見回しながら店の前まで歩み寄り、そっと中を観察する。店内では四人の若者がカウンターを挟み、マミーと無邪気に語り合っていた。

そんな様子が男の目に入る。

店の向かい側にある小さな駐車場の片隅で煙草に火を点け、大きく吸い込んだ。微かな煙が寒い西の空に消えていく。煙草が半分くらいになった時、男は右足で踏み消し、足音を立てずに入口の前まで進んだ。

ゆっくりと引いたドアに反応して、カウンターの上に置かれたマミーのグラスが小さな波を打った。マミーがこの波に反応した。マミーの動きに若者が反応し、一斉に入口に視線を投げた。この店には不釣り合いな男が帽子を深々と被り、サングラスをかけた姿で立っているではないか。男はカウンター席まで進み、入口から一番遠い席に腰を置いた。

「いつ、いらっしゃいませ」

「初めてなんですが、瓶ビールを一本ください」

「あっ、はい。ありがとうございます」

マミーは目を泳がせながら、厨房の冷蔵庫に向かった。

……「ブツブツブツ。なんか、変なヤツが来ちゃったわ」……

マミーは頭の中で独り言を呟く。マミーの泳ぐ目を見た若者たちは、聞こえるはずのない無声な独り言が聞こえる。

男は差し出された中瓶なビールを自らの手でグラスに注いだ。非客の襲来によって中断していた和やかな会話は一向に再開されない。重苦しい雰囲気にいたたまれない一人の若者がマミーに会計を申し出た。

「マミー、また来ます。会計してください」

「じゃー僕も帰ります」

「じゃー僕もまた来ます」

あっという間に三人の若者が会計を終え、店をあとにした。しかし、男は全く動ぜず、むしろ追い討ちをかけるかのように二本目のビールを頼んだ。

逃げ遅れた最後の若者が勇気を持って男に話しかけてみた。

「どこから来られたのですか？」

「とおい、遠い、海の向こう側からです」

男は若者の方を見ずに、マミーの右肩方向を見たままで応えた。だから話は弾まない。男が見つめるマミーの右肩の奥にはボトル棚があり、その一角にはマミーの大切な蛇のケージがあった。中では蛇が黄色と黒をくねらせ、S字を描く。

男は二本目のビールを飲みきる前に三本目を頼んできた。この時、最後に残っていた若者が会計を申し出、脱出に成功した。店内にはマミーと男とが二人きりだ。

「ママさん。ママさんも一杯いかがですか？」

「ありがとうございます。でも、そろそろ閉める時間なんです」

「ほう、それはちょうどいい。店を閉めてください」

「えっ、あっ、怪しい」

「はい、決して怪しい者です」

「えっ、怪しい者って、何よ」

マミーは甲高い声を張り上げた。

「実は、私はフィリピンから浩司さんを殺しに来たのです。青木に頼まれて」

「えっ、どういう事よ」

「ママさん、早くシャッターを閉めてください。私がここにいる事が青木にバレたら私もママさんも危ないんだ」

マミーが揺れる手でスマホを握ると男が優しく話した。

「理恵さんたちにも伝えないでください。あの二人も危なくなるから」

「何よ。何を言ってるの。警察を呼ぶわよ」

「わかりました。でも、私の話を聞いてからにしてください。私はママさんに危害を与えませんから」

男はゆっくりとした口調で穏やかに話す。その様子には怪しさは感じられない。

「わかったわ。ゆっくり話して。信用するから」

マミーはシャッターを下ろし、店内の灯りを最小限に絞った。あたかも閉店しているかのように。

「ママさん、よく聞いてください。私は青木からの依頼を請けて、浩司さんを暗殺するためにマニラからやって来ました。既に実行日や細かい手法は決まっています。でも、その打ち合わせの中で青木って男がいかにインチキなのかがわかり、フゥ。青木を信じて、青木についていった浩司さんは悪い人間になってしまい、青木から金を蝕まれ、オンナをあてがわれた。そして最後は殺される。私は金もオンナも貰いました。だから仕事が終われば、私も不要品。青木は不要品を始末します。私も殺されるのでしょう。私はその事に気が付きました。ママさんも金を青木に騙し取られていますよね」

「はい、わたしは五〇〇万。娘は二五〇万」

「ママさんも青木を殺りたいと思っていますよね。娘さんも金も踏みつけられて。実は私も酷い目にあっています」

「えっ、どうしたの？」

「それはそのうちに話します。だから私も青木の事を殺りたいんです。殺られる前に。ママさん、私と手を結びましょう」

「えっ、どうやって？」

「私と青木の実行日は、明後日の早朝です。私が浩司さんを轢き殺し、そのまま成田に向かいマニラに飛びます。九時三〇分のフライトで。チャンスは明日の昼だけ。オンリーワンチャンスです」

　マミーは首を反らし、天井を見つめた。どうしたらよいのか？　暫く迷う。そして、決断したのである。

「信じていいの？」

「はい、もちろんです。ここに来たのがバレたら私も直ぐに殺られます。私は今日帰る時、タクシーで池袋辺りまで行き、タクシーを乗り換えます。今泊まっている新橋のホテルまで、埼玉のタクシーで走っているのを見られたら、私もママさんも、二人ともヤバい。私も命懸けなんです」

「わかったわ。でも何であなたは、殺したいほど青木の事を恨んでいるの？」

「それは、それは私は青木によって、あ、青木によって。青木、青木に騙されて、死んだ」

「えっ、死んだ？　死んだってどういう事？　あなたは今ここに？」

男は視線を泳がせたあと、下を向き口を止めた。

「…………………×う××うう××………×ぶブ××」

男はうめくような声を出し、突然に大粒の涙を落とし始めた。落ちた涙はカウンターで弾け、弾けた上に更なる涙が重なった。空気が流れず、時計の針も止まった。

そんなに言いづらい事なのか？　男はそんなに酷い事を青木にされたと言うのか？　マミーが男を見つめる。だが男は固まったまま動かない。

「あなたに青木がどうしたのよ？　青木にどうされたの？　殺されたって何？」

男は下を向いたまま、自分の落とした涙を見つめ続ける。暫くしてからマミーが自分のグラスにビールを注ぎ、喉を濡らした。

男もおどおどと唾を呑み込み、そしてゆっくりと動き始めた。帽子を取りサングラスを外し、色黒で角刈りな顔を持ち上げてマミーを見つめる。

「マ、いー。マ、マミー。ｍａマ、ミィ」

「えっ、マミー？　今、マミーって言った？　何でわたしを知っているの？」

Ｓ字を描いていた蛇がケージの中で首を持ち上げ、目を光らせた。マミーが男を強く見つめる。男の目とマミーの目が正面衝突した時、男の喉が震え、赤い声を絞り出したのである。

「マミー、私、ワタシの、私の、顔を見て。マミーよく見て。実は私はウブカタです。おぼ、覚えていますか？」

「えっ、そんなバカな」

マミーは全身の力が抜け、腰から砕け落ちた。びっくりして動けない。どういう事が起きているのか理解も出来ない。再び時間が止まる。

「お化け？　どういう事なの？　お化けって本当にいるんだ」

マミーは怖くて男の顔を見られない。カウンターの内側で、落とした腰で後退りし、そっと顔を持ち上げた。目の前にマニラで死んだはずの生方が座っているではないか。あの色黒な生方が。あのスローな生方が。

「うっ、ウソでしょ。だってあなたはマニラ空港で撃たれたって。西麻布の本田さんから聞いたって。本田さんの情報は間違っていたの？　社長と理恵が本田さんから聞いた話と違う。ウソよ、あなたは死んだはずよ。話が違うわよ。あっ、本田さんも共犯《グル》って事なのね」

「マミー、それは違います。私はマニラ空港で撃たれて殺されました。いや、撃たれて殺された事になっていました。私は県警で大きなミスをし、クビになったところを社長に拾ってもらった。なのに、青木に騙されて理恵さんと社長を裏切り、マニラで青木が金で用意した死体と入れ替わりました」

「えっ、死体と」

「死体の横に日本人のパスポートATSUSHI・UBUKATAを残して立ち去りました。血を垂らしたパスポートを残したのです。それも青木の指示でした。あそこで日本人としての生方は終わりました。青木から、お前の一生を面倒みるから安心しろって言われ、青木からフィリピン人のオンナと金を貰いました。フィリピンで暮らすには充分な金でした。オンナは一週間で逃げました。金を持って。これも青木の指示。オンナも青木からの刺客でした。青木に騙されたのです。私は今、マニラの外れで一人、ひっそりと暮らしています。しかし、もう金も無くて……」

生方は崩れ落ち、赤い声を黄色くし、子供のような甲高い声で続けた。

「そこにまた青木からの連絡があったのです。日本に来いと。ミスターウービーとして日本で手伝ってくれと。今回、私は一〇〇万の金を貰い、銀座の店でピアノを弾くオンナもあてがわれました。オンナはずっと新橋のホテルにいて、私を監視しています。身体を張って。私は弱い人間だから身体を奪われ、心も奪われそうになっています。だから、もう請けるしかなかったのです」

マミーはカウンターの向こう側で、頷きながら、生方の話を聞き続けた。

「もう、青木の計画を請けるしか。でも、青木と話しているうちに、青木って男があまりにもインチキな悪党で、どうせ私が浩司さんを殺ったあと、私も直ぐに殺られるだろうと気が付きました。私が受け取った金も奪い返すつもりでしょう。だったら私が青木も浩司さんも殺ろう、二人とも殺ってやろうと考えました。青木に殺られる前に青木を殺ります。青木は人の命なんて、何とも思っていないヤツです。自分が散々アゴで使った浩司さんの事でさえ、殺して金にするつもりです」

生方はここまで話し、マミーを赤い目で見つめた。

「そうだったのね。生方さん、生きててくれたんだ。生方さん、生きてて良かった」

生方の目から苦労を背負ったたくさんの涙が溢れ、黒い頬を伝わる。マミーも涙なしではいられない。マミーは思わず生方の手を握りしめた。

「お帰りなさい、生方さん」

店にはクラシックな音楽が響かない。生方の心には、バイオリンが奏でられたかのように、優雅な温もりが伝わる。それはマミーの温かさが生方を包み込んでいたから。

「社長も理恵も、ずっとあなたの事を想い、泣いていますよ。早く二人に会ってあげて」

「マミー、ありがとうございます。うれしいです。凄く、うれしい。でも、私はまだ会えません。私は社長と理恵さんを裏切って調査状況を青木に売ってしまった男です」

「だからなのね。青木が社長と理恵の行動をよく知っているのは」

「はい、その通りです。私は青木と浩司さんを葬らない限り、二人には会えません。青木の描いた計画は、私が浩司さんを轢き殺す事。当然、青木自身も自分が殺られるとは思ってもいません。だから、マミーと手を結んで、青木も殺りたくて、今日、この店にマミーを頼って来たのです。私は青木と浩司さんを殺って、予定通りの飛行機でフィリピンに戻ります。明後日のフライトです。明日、殺りましょう。一緒に」

またも沈黙な時が始まった。マミーは動かない。生方が鋭い目でマミーを見つめた。しかしながら、怖くて冷たい目にはなりきれない。やはり生方の目はあの頃の優しいままであった。

ケージの蛇がヌルヌルと動き、マミーを挑発した。マミーが振り返り蛇を見つめる。

「生方さん、わかったわ。殺ろう。殺りましょう。一緒に殺りましょう。実は私には考えている作戦があるのよ」

「えっ、僕にもアイディアがあるんです」

二人は、ほぼ同時にS字を見つめた。見つめられたS字は、大きく鱗をくねらせた。

「えっ、同じ事を考えてたの？」

「マミー、そうみたいですね」

二人が、翌日の暗殺計画についての細部を話し始めた時、生方のスマホが震えた。バイブレーションに設定してあるスマホの着信は青木からだ。

「マミー、ヤバい。青木からだ。バレたかな？」

「えっ、ぶぶかたさん、どうしよう」

スマホは三〇回震えた。それでも、生方は着信を受信しなかった。

「マミー、タクシーを呼べ」

生方の口調の変化に緊張感が表れる。マミーの〝ぶぶかた〟にも緊張感は否めない。

「いや、ここからタクシーはまずいでしょう。このお店はもう閉めているのよ。それに、もし青木が表にいたらアウトよ。わたしが様子を見ながら駅まで歩いて行って、タクシーで戻って来るから。そうしたら素早く乗り込んできて」

マミーはそう言って裏口から店を出た。生方も五分遅れて裏口から出た。

マミーが駅前から乗って来たタクシーに生方も乗り込み、二人で首都高速、与野インターを目指した。

「運転手さん、池袋に行きたいんです。首都高五号線で東池袋で降りて池袋駅東口に向かってください」


タクシーの中で二人が打ち合わせを始めると、再び青木からの着信が二人の心臓を震わせた。二人の慌てる様子に気が付いた運転手は、アクセルを強く踏み込み、スピードを二〇キロアップさせた。僅か四〇分で池袋サンシャイン60に直結した出口から春日通りを経て明治通りを進んだのである。

「マミー、明日の一一時半頃、浩司さんに電話をしてください。『あなたに貸したままの五〇〇万円はもう諦めた。今日、どうしても二〇万円が必要なの。どうしても今日、二〇でいいから持って来て。今日、お昼に持って来て。それでお終いにしよう』と伝えてください。私は明日の朝、一〇時にお店に行きます。打ち合わせをしましょう。それからアーバンの合鍵を理恵さんから預かっておいてください」

「生方さん、アーバンの鍵は店にあるのよ。この間、理恵が忘れて帰ったから」

「あぁ、それはちょうど良かったです」

生方はそう言い残し、池袋の派手なネオン街に身を吸い込ませた。マミーは生方が消えるのを確認し、そのままタクシーで店まで引き返した。

店に戻ったマミーはカウンターで一人グラスを傾けた。暗い店、まるで一人ぼっちの客のように。マミーの視線の先は、もちろんS字。蛇を見つめ、話しかけた。

「助けてね」

その頃生方も、池袋のカウンターバーで一人グラスを握りしめていた。ボトル棚のブランデーを見つめながら、青木からの三回目の着信を待った。グラスを三杯空けた頃、青木からの着信。

「はい、ディスイズ、ウービー」

「お前、どこで、何をしてるんだ」

「ぇえ？　気が付きませんでした。スミマセン。池袋で飲んでます。日本で残された僅かな夜を一人で楽しんでいます。ミスタープレジデント、今、どちらにいますか？　よかったら、池袋に来ませんか？」

生方は勝負をかけてみた。生方も心が少し太くなったようだ。しかし、青木はそんなに簡単には乗らない男。

「ウービー、キミも命を大切にしなさい」

生方は頭の中で独り言。

……「イノチをタイセツにスルーは、アナタでしょ」……

会話を終えた生方は更にもう二杯のグラスを頼み、一気に吸い込んで、身体中をアルコールで浸す。店の外から青木に電話を入れ、二時間のアリバイを生んだ。

「もしもし青木さん。今、ご自分の銀座のお店ですか？」

「おぅ、ミスターウービー、どうした？　来るのか？」

生方は会話をしながらタクシーを停めた。わざとらしく。電話を切らずに。

「運転手さん、銀座四丁目まで、急いでくれ」

いかにもずっと池袋にいたかのように。

「青木さん、今、タクシーに乗りましたから、あと一〇分くらいで合流出来まーす」

「わかった、待ってるぞ」

一五分でTTOOPP　Aに到着した生方は、この日は滝を斜めに見つめるボックス席に導かれた。青木はいつもと同じ、一番奥の指定席にいた。

初めて座る席から眺めると、店の雰囲気が全く違う。滝に当たる間接照明の光り方。店内に響く鍵盤の音の跳ね返り方。同じ店とは思えないほど、様々なイルミネーションが心をくすぐる。ゴージャスな雰囲気を、様々なアイテムで4D的にかもし出している。

……「ここで酒を飲むのはこれが最後になるかも知れない。殺っても殺られても」……

青木の席をよく見ると、身体の大きな若者が一人、青木の横で酔い潰れている。若いオンナの膝を枕に、もはや沈没。

……あれは浩司だ。膝のオンナはスレンダーな彩乃だ……

生方は心の中で叫び、言葉を飲み込んだ。

……なるほど。浩司には俺の顔を見せられない。だから俺はこの席なのか……

既に青木の作戦は始まっていた。浩司のスタミナを奪っている。明日の仙台へのロングドライブのために。

暫くすると美夏が生方の横に座った。

「ウービー、どこにいたの？　青木さんが何度も電話してたわよ。バカ、ウービー、美夏も淋しかったわ。優しくして」

「俺は今まで池袋にいたんだよ。一人で飲んでたよ」

生方はそう話すと、美夏の肩を強く抱き寄せ、生方からミスターウービーに戻った。ウービーは濃厚に美夏に絡んだ。かなりの酒に酔いしれているかのように。

浩司がしどろもどろに千鳥足。青木と彩乃は目と目で合図。彩乃が青木を見ながら立ち上がり、浩司を連れてタクシーで消えた。

青木の席に移動した生方を、青木は鋭い言葉で刺した。

「What?　Why?　Where?　ウービー、お前、大丈夫か？　お前、俺にウソをついてないか？　まさか俺を裏切って〝埼玉〟にでも行ってないよな？」

「まっ、まっ、まさかそんな事はありません。私はずっと池袋にいましたよ。池袋で一人で飲んでいました」

「ウソはないよな？　そんな事をしたらキミも命を落とす。わかっているよな？　ウービー、Death」

青木は嘲《あざけ》り、黒く笑う。

「はい、青木さん、当然です。わかっていますよ」

ウービーが滝方向に瞳を逃がし遠くを見つめると、青木の言葉が更に飛んでくる。

「いや、キミには見張りを付けているんだよ」

生方、ノーリアクション。それを見て青木が高らかに笑った。

「ウービー、ウソっぱちだよ。ウービーの事は、アイ、ビリーブだよ」

青木の一方的で甲高い笑い声が、滝の音に吸い込まれた。

しかし、何かいつもよりパワーダウンして聞こえる青木の声。外では銀座みゆき通りに並び立つ裸の街路樹が、まだ冷たい二月の風で揺らされていた。

「ウービー、美夏は今日もお泊まりしていいよね」

美夏の声を聞いた青木が涼しい目で見つめた。

「いいよ。明日の朝までOkay」

軽率な返事をしてしまったウービーは、かなり後悔した。

……えっ、朝まで美夏いるのか？　朝、どうしよう？　マミーの店に一〇時には行かなくては……

☆

翌朝八時、まだ身体から昨夜の深酒が抜けきらない生方はゆっくりと目を開けた。僅かなレムな時間は、生方に様々な画像《シーン》を思い出させ、夢と酒と睡魔が絡み合い、ふわふわとした感覚での目覚めをもたらす。

※理恵を乗せた救急車の赤い音
※スレンダーでヒョウ柄なオンナ・彩乃
※痩せこけて胡散臭く、いつでもテンションの高い男・青木
※騙されて行ってしまったマニラでの孤独な生活
※滝に溶ける鍵盤の音
※久しぶりに見上げた日本の黒い空
※マニラ空港で片方だけ無くした焦げ茶色の靴
※GPSをみんなで追いかけた探偵の日々
※岩槻インター近くで見つけた白い粉の取引現場

ベッドからそっと立ち上がり、コンパクトな冷蔵庫から冷たいミネラルを取り出して、喉に流し込んだ。生方が振り返ると、美夏はまだ枕を抱いて夢の中にいる。美夏から枕を奪い取り、生方は美夏を激しく求めた。分厚いカーテンの隙間から差し込む都会の朝の陽射しは、美夏の瞳をくすぐり、夢の中から引っ張り出した。ほとんど躊躇う事なく、美夏は生方に応えた。暫

く二人は熱い時を過ごす。誰にも遠慮が要らない二人だけの夢の世界。

生方が呟いた。

「美夏、一緒にマニラに来てくれないか。明日の飛行機で」

美夏は返事をせず、ベッドに潜り込んだ。暫く時が止まる。柔らかな冬の陽射しが優しくて冷たい。生方がライターを手に取り、煙草に火を点けた。ライターの音に反応した美夏が半分だけ顔を覗かせた。背後から近づき、生方の口から煙草を抜き取って、自分の口に咥えた。

「ウービー、美夏も連れて行って。わたしもマニラに行きたい。もう、こんな生活がイヤなの。いつも青木さんがいて。青木さんが怖いよ。あんなウソばかりな人、イヤだよ」

だが、これはお互いに大人の会話である。二人とも本当の心は語っていない。生方も美夏をマニラに連れて帰るつもりはない。だって、美夏は青木の刺客に違いないから。美夏も青木を嫌うことはない。だって、美夏も青木のオンナなのだから。

「美夏、ありがとう。明日の仕事頑張るよ」

「明日、仕事って？」

美夏はとぼけた。

「明日は青木さんとの大切な仕事なんだ。今からちょっとだけ現場の下見に行って来るね」

「わかったわ。早く帰って来てね。美夏はもう少し、夢の続きに戻りま〜す」

「美夏、了解だ。二〜三時間で戻るよ」

「うん、待ってるね。そうしたらもう一回、ウービーもう一回、愛してね」

「Okay」

ウービーはゆっくりとした足取りで部屋を出、急いでタクシーに手を上げた。スマホはわざとベッドの下に落としたまま。

「運転手さん、埼玉の蓮田駅までお願いします」

時計を見ると、既に一〇時を過ぎていた。しかし、都会の午前中、道は動かない。襟を立てた人混みが様々に行き来する街、温かさを感じない街にタクシーが埋まった。

「運転手さん、何時に着きますか？　蓮田に？」

「二時間くらいかかるかもですね。一二時頃かな。蓮田駅到着は」

間に合わなかったら、今日しか出来ない計画が実行出来ないのである。

……「ヤバいな。間に合わなかったら俺も殺されるな」……

生方が独り言を発し、運転手の心を揺さぶった。

運転手は首都高速を使わず、経験から知り得た裏道を小まめに駆け巡った。あと少しで到着の時、時計の針は一一時二〇分を指していた。

その頃、マミーは店で一人、不安な時を過ごしていた。冷たい店の中で身体が固まる。蛇も固まったままウービーの到着を待っていた。約束の時間が過ぎても生方からの連絡がこない。

マミーは次第に苛立ち始めた。

「やっぱり、昨夜のあの生方さんが言っていた事はウソだったのかしら？　あれも青木の仕掛けたワナなのかも。生方さんはもうすっかり〝チーム青木〟の一員、刺客になっちゃったの？」

半信半疑のままマミーは一一時半を迎えた。一一時半とは生方に指示された時間である。浩司を昼に呼び出すために、電話をしてくれと言われた時間。そもそも一二時には浩司は青木と一緒に仙台に向けて出発だと生方は言っていた。

……「どうしたらいいのかしら」……

その時、マミーは思い出したのである。

生方の厳しいけど優しい目を。瞳の中に残っていた、正直な心が生方の目に映し出されていた事を。

……「あの目はウソの目じゃないわ」……

一つ頷き、スマホを取り出したマミーは、浩司に向けて発信した。二〇回コールしても三〇回コールしても浩司は受信しない。

一方、駅前でタクシーを降りた生方はキョロキョロと辺りを見渡し、コンビニに入った。観察するために寄ったのではない。それは単に煙草を切らしたから。

この時間がない緊迫した時に煙草を買いに行く生方。流石、生方。全く、生方。昔のままの生方だ。コンビニを出てゆっくりとマミーの店に向かって一歩ずつ進んだ。

その頃、浩司からの着信がマミーのスマホを響かせた。マミーは一つ咳払いをして受信。

「もっ、もしもしぃ」

「あっ、ご無沙汰です。電話をもらってましたぁ。どうしました？」

「浩司、金よ。今日、お金が必要なのよ。今直ぐ二〇持って来て。もう貸した五〇〇万は要らないから。この二〇万円でお終いにするから。今日二〇ないと家賃が……」

「いや、マミーこれから東北に出張なんですよ」

「その前に寄りなさいよ」

「いや、時間がないんですよ。それに今は会社のヒトも一緒なんですよ」

「会社のヒトって誰よ。どうせオンナでしょ。オンナと一緒なんでしょ」

マミーは強気な勝負言葉を投げつけた。

「まっ、マミー違いますよ。男、男ですよ。会社の先輩の、あっ、青木さんってヒトです」

「いいわよ。本当かどうか、そのヒトも一緒に連れて来なさい。そのヒトにも会ってみたいから」

生方がやっと店に到着。そっと裏口から入って来た。別にこの時間に裏口から来る必要はないのであるが……。その時、店ではマミーが浩司との電話中。

「マミー、ちょ、ちょぉっと待ってください」

「早くしなさいよ浩司。二〇よ」

浩司は青木と相談した。マミーが激しく攻めてきていると。青木は動じない。黒い笑顔で小さく頷き、右手の指でＯＫサイン。

「わかりました。マミー、青木さんと一緒に伺います。時間がないので、少しだけ寄ります。今、近くにいるので一〇分くらいで行けます」

「わかった。待ってるわ」

マミーは大きく息を吐きスマホをカウンターに置いた。後ろでは生方が笑顔でマミーの電話終了を待っていた。

「マミー、おはようございます」

「何よ、おはようじゃないわよ。全く。ブツブツブツ。何時だと思っているの。ブツブツブツ」

「いやー、美夏が」

「ミカなんて知らないわよ。ブツブツブツ。そんな事よりもう二分で来るわよ。浩司が。青木と一緒に」

マミーは少しだけサバを読み、一〇分を二分と告げて生方を慌てさせた。

「ま、マっ、マミー、キャギ、キャギ、アービャンのキャギと、ヘビーを」

「はぁあ？」

「かっカギとへぇ蛇をくださひ」

引きつる生方の呂律が回らない。

ボールパイソンとスペアキーを受け取った生方は慌てて、今度は表口から出て行き、駐車場が見える物陰にて息を潜めた。

生方が隠れて間もなくアーバンが駐車場に到着。二人の男がゆっくりと降りた。青木は首をくねくねと傾げながら、何か懐かしそうに辺りを見回し、店の中に入って行ったのである。

「間違いない。浩司と青木だ」

生方は体勢を低くし、この時とばかりアーバンに近づいた。受け取った鍵でドアロックを解除する。だが、不思議と鍵は開いていた。

……「えっ、何でだ？　何で開いてる？」……

生方は曲げていた膝を伸ばし、そっと車内を観察した。すると、オンナが一人、後部座席で爆睡しているではないか。ぐっすりと熟睡しているオンナの顔を恐る恐る覗き込む。

……「うっ、うっ、ウソだろ」……

何とオンナは美夏であった。さっきまで新橋駅近くのホテルで生方が愛していたオンナだ。どういう事なのか？

……「やっぱり、美夏も刺客だったのか」……

生方は大きなため息を空に向かって吐きつけた。すると、音もなく白い粉が。マミーの店の空に低い真冬の雲が覆い被さり、白くて冷たい粉雪を落とし始めた。

生方は運転席の後ろのドアを静かに開いた。ケージから蛇を取り出し、美夏を起こさないように、そっと仕掛けたのである。

……「美夏も葬る事になるなんて」……

今日は寒くて長い一日、厳しい一日になりそうだ。

第六章　黒い雪が降った時

「理恵、何か美味しいものを食べたいね」

「そうだね。食べたい、食べたい」

「たまには気分をかえて、都内まで足を延ばそうか？」

「うん、いいねぇ。行こうよ、行こう」

「西麻布の本田を誘って豪華なランチでもしようか？　本田も喜ぶぞ。生方が殺られてから、本田は少し元気がなかったんだ。自分にも責任があるって」

「違うよ。本田さんには責任なんてないよ。あたしが悪いんだよ。全て、あたしの責任なんだよ。本田さんに会うの初めてなんだよね。謝らなくちゃだよ。本田さんにも迷惑をかけちゃったなぁ」

　街外れにあり、丸太であしらわれているログハウス的なカフェで珈琲を楽しんでいた二人は、クラシックな音楽に送り出され、車に乗り込んだ。

「今日は特に寒いから、温かいものを食べようか。本田にも相談してみるよ。グルメなヤツだし、インスタ映えの画像も撮るぞ」

「あっ、マミーも誘っていい？」

「理恵、いいよ。そうだな、マミーも誘おうぜ」

理恵の発案でマミーの店に近づくと、二人を乗せた車はマミーの店前に浩司のアーバンを見つけた。お互いの目を疑い合い、口を大きく開いた。

「うっ、ウソでしょ。何で？　何でアーバンが来てるのよ？　マミーどうしたの？　何で言ってくれないのよ。車、止まらないでね。そのまま行き過ぎてね」

理恵が一気に捲し立てる。

「ああ、もちろん止まらないさ」

白いアーバンは粉雪で、フロントガラスまで白く仕上げられていた。それはアーバンの停車時間がそれほど短くない事を表していた。溜まった白い粉雪の量で計り知れる。

「理恵、近くのコンビニの駐車場で待機しようぜ。駅の近くのコンビニで」

二人はコンビニに停め、深く考え込んだ。

「なぜアーバンがマミーと会っているのか？　浩司だけなのか？　それとも青木も一緒なのか？　まさか彩乃も一緒に？」

マミーから昨夜の話を聞いていない。当然、生方の生還も知らされていない。マミーはこれから起きる？　またはこれから起こす？　大きな事件に、二人を関わらせたくないと考えていたからだ。

理恵が手を伸ばしてきた。繋いだ手を通じて、ドキドキと波を打つ心臓の鼓動を伝えてきた。理恵の鼓動を聴いて探偵からも震えた心を、理恵に戻した。

「理恵、マミーだから、たぶん大丈夫だよ」

何の根拠も持たない言葉に理恵が頷いた。

「うっ、うん」

理恵が唇を尖らせ、納得していないが返事をした。時計は一一時五〇分。青木と浩司がマミーの店に入ってから一〇分が経っていた。


浩司に続く青木は不自然にキョロキョロと周りを見回し、そして入店。

「あぁ、どうぞ、こんにちは。ぁっ、青木さんですね」

マミーは愛想よく笑顔を繕うが、なぜか不思議な感覚だ。

……あれっ？　この男が青木なの？　どこかで会った事があるような？……

思い出せないマミーに青木が発した。

「はーい、ハイ。マミーさ〜ん」

……どこかで聞いた事のある声だ……

初対面なのに、いつも通りテンション高く攻めてきた青木に、マミーは負けじと声色を裏返して続けた。

「いつも浩司さんが大変お世話になっており、心から深く深く、海よりも深く御礼を申し上げます、青木さん。さぁ、どうぞこちらにお掛けください、青木さん」

マミーはスーパーな笑顔を作り、テンションの高い振りをして、他人行儀な単語を並べ、時間を稼いだ。

「はーい、青木と申しまーす。今日は突然、浩司君と一緒にお伺いして、すみませーん」

……このテンションの高さはいつだっけ？　どこだっけ？……

マミーは記憶の紐を解く。

「いえいえ、青木さん。お話はかねがね理恵からも聞いております。娘の理恵が不出来で、浩司さんに迷惑をかけていて、それを青木さんが助けてくださっていると聞いております。本当にいつもいつも、ありがとうございます。青木さんは大変にお忙しい毎日と伺っております。今日は寒い中、また、雪の降る中ありがとうございます。ところで青木さんのお住まいはどちらかしら？」

「俺？　俺は遠い所。遠い遠い所から来てるんですよ」

「遠い所ってどちらかしら？」

「いやぁ、塀の向こう側から。なんちゃってね」

……どこかで聞いた事のあるフレーズだわ……

「あらまぁ、青木さんて愉快な方なんですね」

マミーは過去に想いを巡らせながら更に台詞を続ける。

「ところで青木さんは、浩司さんの事を男として、どう感じておられるのですか？」

寒すぎる店の中で、張り詰めた空気にマミーの言葉が響く。薄暗い冷たさがボトル棚に当たり、低い音で青木に跳ね返ってマミーの心を冷たく表した。

「まっ、まあ、男として素晴ら……」

「あっ、そうでございますか。ありがとうございます」

マミーは青木の言葉を遮り、ほとんど言葉を挟ませず突っ走った。

「浩司さん、青木さんを大切にしなさい。青木さんのように行動力があって、ハキハキとしていらっしゃる方は男として、人間として素敵ですよ」

マミーは頭のどこから出てきたのか、歯が浮くような言葉を重ね、時間を稼ぎ続ける。

……この人は浩司を殺ろうとしているのに、よくもこう白々とした態度でいられるものね……

青木の態度はあまりに酷い。しかし、マミーは女優。呆れるが決して顔には出さない。

この色黒で角刈りな男は、生方とイメージが重なるが、生方とは違う。青木のキラリと光る眼鏡の奥の目が笑わない。唇は笑っていて、声も笑っている。しかし、目が笑わない。目は口ほどにものを言っていた。目の中から黒いズルさが溢れ出ていたから。

マミーは青木を見つめながら心に感じた。

……もうすぐあなたたちの口が開かないようにしてあげますからね……

「青木さん、ちょっと待っててください」

マミーは席を立ち、その場を離れた。少しでも時間を稼ごうと次の作戦を思いつく。

「今、珈琲を淹れますね」

マミーが背中で青木に言葉を投げた。青木に断る隙間を与えない。

「いや、マミーさん。今日は時間がなくて。どうかお構い無く」

青木の小さな声がマミーの背中を追いかけたが、マミーは厨房に消えた。シンクの前で時計を見つめ、大きなため息を一つ。

……ふぅ、まだ一〇分か。よしっ、あと一〇分。いや、あと一五分頑張ろう……

マミーは心の中で独り言を呟いた。

熱い熱い、火傷するほど熱い珈琲を淹れたマミーは作り笑顔で席に戻った。青木が飲みたくもない珈琲を手にしたが、カップも熱くて口に運べない。笑ってごまかす青木を横に置き、浩司が話し始めた。

「まっ、マミー」

……もうマミーなんて呼ばれたくもないし、呼ばせたくもない……

マミーは我慢した。

「あらっ、浩司さん。何かしら？」

「あの、今日は、とりあえず二〇万を持って来ました」

「あらっ、浩司さん。さっきお電話でお話しした通り、今日あなたがお持ちになった二〇万円でわたしがあなたに貸した五〇〇万はこれで終了。これで完済にしたいのよ。これ以上はあなた方も大変でしょ？　もういいじゃない」

マミーから聞いた事のない台詞が続く。まるでお嬢様学校の卒業生であるかのように。

「どうかしら。ねぇ、青木さん。どうかしら？」

マミーは突然、青木にも振ってみた。流石、青木。少しの間も空けず直ちに言葉を返した。

「お母さん、私が借りたお金じゃないから、私が意見を言うのはちょっと筋が違うかもですね。でも、せっかくマミーさんが、これでと言ってくれてるんだから浩司、それでいいんじゃないか？　マミーさんの意見を尊重しようぜ」

浩司はマミーから予定通りの言葉を貰い、予定通りの言葉を返した。

「マミー、ありがとう。じゃあ、これ二〇万です」

浩司が茶色な封筒をマミーに差し出した。マミーはゆっくりゆっくりと、壱万円札二〇枚を三回も数え、テーブルに五枚ずつの束を四つ置いた。

「浩司さん、確かに二〇万円を受け取りましたよ。ありがとうございます。今日はこれから東北地方にお出かけですか？　東北はどちらかしら？　この季節、東北は寒いわよ。気をつけて行ってらしてね」

「仙台です」

すかさず青木が答えた。

……急いでいるな。よし、もう少し頑張ろう……

マミーの気合いが増していく。

「あらっ、青木さんもご一緒かしら？」

「はい、自分も一緒に行きます」

青木は首をくねくねと傾げながらマミーを見つめた。

……この首のくねくね？　あっ、こいつ、あの一三年前の男だ。私の店、ここで逮捕状を出された男。確か・ヤモト、ヤモト？　あっ、やもと？　彩本だ。青木の本名は彩本だったんだわ……

やっぱりマミーは女優。全くたじろがない。

「今日は寒いし、お天気も悪そうだから大変ね。いつお帰りかしら？」

「まだ未定なんですよ」

青木からの即答に、青木の時間的な焦りは否めない。

マミーはゆっくりと立ち上がった。

「青木さん、浩司さん。今日は大変に忙しいところ、本当にありがとうございました。では気をつけて仙台までお出かけくださいね。それから浩司さん、スピード、スピードにはくれぐれも、充分に気をつけてくださいね。安全運転よ」

マミーに送り出されたアーバンは、白くなった道をスピードを上げ、猛然と岩槻インターを目指した。一二時を一〇分間、過ぎた頃である。マミーの粘りで青木と浩司の出発を一〇分間も遅らせる事が出来た。

一〇分間の遅れとは、時速一〇〇キロで高速道路を走った場合、１００×(10／60)つまり、一六・六キロもの距離を遅れた事になる。これは大きい。実に大きい。

☆

青木と浩司の出発を自分の目で確認した生方は凍えながら物陰から出、裏口から店に戻って来た。もはや青木も浩司もいない。なぜ裏口から入るのか？　裏口からの意味がない。やはり生方。なるほど生方。やっぱり生方。

「マミー、お疲れ様です。頑張りましたね」

「うん、粘ったわよ」

「アイツ等、これでかなり慌てて高速を走りますね」

「でしょ。ところであなたはどうだったの？」

「はい、予定通り仕掛けましたよ。運転席の下にマミーの蛇を。まだ蛇は、寒くて寒くて動きませんが、次第にクルマの中が暖まると……。ただ美夏が……」

「どうしたの？　ミカさんが？　ミカさんがどうしたのよ？」

「私の美夏が乗ってました。アーバンの後ろの席でぐっすりと寝てました」

生方は暗い顔で苦笑いしながら、黒い頬に涙を走らせ、うつむいた。

……「もう誰も信じられない。さっき早く帰って来てねって言ってくれたのに。もう一回愛してねって言ってくれたのに。美夏のバカ。何で新橋のホテルで寝ていないんだ。俺は美夏までも殺るつもりはなかったのに」……

生方は視線を床からマミーへと戻した。

「マミー、私はこれで新橋に戻ります。いや、マニラに戻ります。今回の作戦が成功して少し落ち着いたら連絡しますね。それから社長にも理恵さんにも私が日本に戻っていた事を言わないでください。自分から必ず報告しますから」

生方はそう言い残すと、粉雪が舞う小径を駅に向かって歩を進めた。

コンビニの駐車場では、まだ二人は手を握り合っていた。

「理恵、外は寒すぎるな」

「マジ、寒いよ」

「でも、本当に寒いのはあと一カ月かな？　三月になれば……」

「えっ、三月になればあたしたち、どーなるの？」

理恵の強い視線に負け、目を閉じた。暫くの沈黙のあと、降り続ける粉雪の中を一人の男が車の横を鈍感に通り過ぎる。それを理恵が敏感に見つけたのである。

「ねぇ、あれっ、生方さんぽくない？」

「どれどれ」

目を開けて理恵が指差す方向に目をやってみた。

「あっ、ホントだね。後ろ姿は生方にそっくりだね。よく似ているな」

「本人だったりして」

「バカ、やめろよ」

握っている理恵の右手に唇を乗せた。まさか本当の本人とは二人は知るよしもない。生方は粉雪を頭から被り、ひたすら駅に進んでいた。

その男の姿を見た二人は、マニラに散った生方の勇姿を思い起こした。

「いつか生方が撃たれたマニラの空港に花を手向けに行こうな」

理恵から手を離し、ハンドルに握りかえ、そして理恵に続けた。

「そろそろ、マミーの店の前を通ってみようか？」

「うん、行こう」

いつしか粉雪は小雪に変わり、その花びらを大きくし始めていた。

「けっこう、積もるかもね」

☆

コンビニの駐車場を出た二人はマミーの店に向かった。もうそろそろ大丈夫かなと思って。舞い降りた小雪が乾いた道路《みち》を冷たく包み、いつもとは違って見える街を白く演出している。

店の手前の踏切で一旦停車。駅から出発して来る電車の通過を待った。

電車の中から、色の黒い男が穏やかな視線を車外に投げる。

「俺、この街とももう、さよならなんだよな」

男は帽子を取り、帽子を街に向かって小さく振った。

「Goodbye」

理恵と二人で過ぎ行く電車を見つめながらまた、生方を思い浮かべていた。

「生方さんに似てたよね」

「そうだな。本当に似てたよな」

「生方さんの魂がこの雪に乗って飛んで来たのかな？」

「そうかもな」

二人が電車を見つめる視線と、車内から街を見つめる生方の視線は、降り続く小雪によって遮られ、クロスする事もなく冬の空に消えた。

二人が店に着くと既にアーバンはない。もはやアーバンは岩槻インターのETCを通過していたから。

外から店の中を覗くとマミーが一人、カウンターに肘を立て、顎を乗せていた。何かを念じているようだ。マミーに先に気付かれるように、車のドアを強く投げ閉め、わざと大袈裟に動いてみた。すると、マミーが外を見つめてくれた。理恵がゆっくりと入口を開ける。

「おはよーマミー。今、大丈夫？　あらっ、お客様だったの？」

「う、うん。大、大丈夫よ。ほけん、保険屋さんが来てたのよ。新しいプランのご案内とかって」

マミーは理恵と目を合わせずに、珈琲カップを片付けながら、背中で答えた。

……何か、おかしいよね。何か、隠しているよね。マミー、どーしたんだろー？　何を隠しているのかな……

目で合図をしてきた理恵に、唇を僅かに動かして返事をした。

……「うん、確かにおかしいな。何かを隠している」……

「マミー、お昼を食べに行こーよ。たまには豪華に都内でって。本田さんも来るし」

「あっ、本田さん？　そうなんだ。本田さんも来るのね。お二人じゃなくていいのかしら？　わたしがいたらお邪魔じゃないのかしら？」

「う、うん、大丈夫だよ。今日は」

「えっ、今日は？　ブツブツブツ」

マミーを乗せ、三人はさいたま見沼インターから首都高に上がり、西麻布を目指したのである。

「でもさっきの人、本当に生方さんに似てたよね」

「まじ、似てたな」

二人の会話を後部座席で聞いているマミーの目が点になり動かない。

アーバンが東北道を二〇分ほど北に進み、久喜辺りを通過した頃、それまで小雪であった悪魔は、その粒を黒く大きくし、強い風を伴ってアーバンを殴り続けた。悪魔はマミーの遣いなのか？　まさかあの時、マミーはカウンターで念じていたのか？　雪よ弾けろと。天《てん》まで味方につけたマミーには怖いものなし。

アーバンの車内では、青木がいつもより高いテンションで話す。

「浩司、マミーはチョロかったなぁ。これで五〇〇もチャラだな。あの二〇だけでだぜ。俺に任せておけば、こんなもんだぜ」

黒い青木が角刈りな声で笑う。角刈りな青木が黒い声で喜ぶ。

「流石ですね、青木さん」

「ほら、見ろよ。空から金が降ってくるぜ。この黒いスノーは俺には金にしか見えないぜ」

マミーの粘りで出発が遅れたアーバンはマミーの魔力によって仙台到着が更に遠退く。

「浩司、この辺りはまだ車が多い。宇都宮を過ぎればトバセるぜ。宇都宮を過ぎたら、頼むぜ。ゴーゴー」

「了解です」

後部座席の美夏は依然として夢の中。心地よく目を閉じたままだ。また座席の下に隠されている蛇もまだ固まっている。やはり目を閉じたままだ。しかし、車内はそろそろ暖かい。そろそろソロリと動くのか？

窓から見える景色は銀世界。まるで雪の国。白い高速道路に赤いテールランプが綺麗に並び、雪の東北道をインスタ映えさせていた。しかし、アーバンだけには雪が黒い。

「浩司、今回の取引はデカいぞ。この金、この一〇〇〇万でブツを受け取り、ブツを捌けば、暫くは遊んで暮らせるぜ」

青木は大笑いしながら、五〇〇万円ずつ入った二つの封筒を、自らが座る座席の下に隠した。

「俺は来週、美夏とマニラに行って来るな」

美夏を利用して、生方に渡した金を奪い返す計画だ。浩司は生方の存在を全く知らない。

「浩司、とりあえず、今日の仙台での仕事が終わったらとんぼ返りで銀座だ。銀座で朝まで飲むぜ。銀座の俺の店、ＴＴＯＯＰ　Ａで」

「はい、楽しみですね」

宇都宮出口一〇キロ。看板が青木の目に飛び込む。通行量は次第に減ってきた。しかし、白い悪魔はかなりステップアップしている。浩司はアクセルを踏み込んだ。

それまでの時速一〇〇キロは、一二〇、一三〇とデジタルな数字をみるみると上げる。アーバンは太平洋で波しぶきをあげる鯨のように、勇敢に雪道を疾走した。すると、心地よい緩やかな揺れが青木に睡魔をもたらした。

「浩司、気をつけて走るんだぞ。浩司、俺は、グー。俺は、少し、グー、グーグー」

会話の途中で青木の声が途切れた。

その頃、遂に蛇が目を開けた。固まっていた鱗をくねらせ、ゆっくりと首を持ち上げたのである。

☆　☆　☆

理恵を助手席に乗せ、背中にマミーの鋭い視線を浴びながら目的地である西麻布に近づいていた。六本木通りと外苑西通りとが交わる少し手前の歩道に、ニヒルな本田が笑顔で立っていた。本田は車を見つけ、さしている傘を上下させて合図をしている。傍らに停めた車に乗り込んできた本田は嬉しそうに話し出した。

「おう、久しぶりだな。おう、理恵さんか？　本田です。よろしく」

「本田さん、初めまして理恵です。本田さん、いつもお世話になっています。色々とご迷惑をかけてすみません」

「挨拶はあとにして、本田、どこに行くか案内してくれ」

「おう、紀尾井町のホテルの一七階のラウンジを予約してあるんだ。ママさんを入れて四人だよな」

「本田、ありがとう。紀尾井町か。じゃあ赤坂から左に上がって行くぞ」

「おう、今日はよく降るな。少し積もるかもだな」

後部座席のマミーの隣に乗り込んだ本田に、マミーは小さく会釈をした。

浩司のクルマは遂にデジタルな数字を一五〇キロまで上げた。その震動で運転席の下に隠れていたS字は首を伸ばした。背後からゆっくりと浩司の襟元を目指す。遂にヌルッとした冷たさが浩司の首に到達した。

「えっ、何、何だぁ～」

慌てる浩司。睡魔の青木。夢の美夏。

「う、うう、う、ウソ、だろ。ヤバい、助け、て」

……キュ、キュー…………バーン◆◆…………★★ドカーン…
★★★ガチャン★★★
赤い光が走った。固い物と固い物とがぶつかり形を変え、柔らかい物は形を失った。あっという間に、たくさんの黒い雪が、たくさんの赤い冬に変わった。

☆

叫んだ。必死に理恵の肩を押さえ全力で叫んだ。

「大丈夫か？　理恵、大丈夫か？　理恵――」

後部座席でも本田が目を閉じたまま動かない。

「本田、大丈夫か？」

「お、おう」

本田は僅かに開いた目を再び閉じ、首をうなだれた。

赤坂の街に大粒の雪が舞い降り、情景を一変させていた。交差点で停まっていた探偵の車に後続のタクシーがノーブレーキで突っ込んで来たのだ。右腕には割れたガラスが突き刺さり、たくさんの血が車内にも、道路にも飛び散った。こんな時は痛くもない。気にもならない。本田も額を叩かれたのか、赤い血が頬から顎を伝わる。

理恵がゆっくりと身体を起こし、唇を震わせながら涙を落とした。

「何でなの。何でこんな事になるの。もうイヤだよ。何もかもイヤだ」

二台の救急車が到着し、四人を二台に分乗させた。ずっと理恵の手を握り、片時も離れずに寄り添って、理恵との相乗りに成功した。追突されても微動だにしないマミーは本田に付き添い、もう一台に収用された。マミーは救急車の中から、冷たいヌルッとした視線をタクシーの運転手にぶつけていた。

……ブツブツブツ……

まるで首に絡みつく蛇のように。

約二時間の治療や警察の調べを終え、病院のロビーで理恵の肩を抱きしめていると、本田がゆっくりと歩いて来た。

「本田、お前、大丈夫なのか？」

「おう、大丈夫だ。みんなも大丈夫で良かったな。ランチはどうしようか？」

額に大きなテープを張り付けた本田が笑顔で話した。すると、本田と一緒に出てきたマミーが低い声で呟いた。

「もう、もうそんな時間じゃないし」

「ですよね。だから、とりあえず新橋のホテルのラウンジを予約してあるんですよ。みんなでケーキでも食べようぜ」

「本田、お前、いつの間に」

本田は嬉しそうに照れていた。その時、マミーが心の中で独り言。

……えっ、新橋なの。ヤバいわ。新橋のホテルは生方さんと同じかも知れない……

マミーは第二次接近遭遇を懸念していた。新橋のホテルで生方が二人に見つかってしまうかもと。

ホテルのラウンジでは、熱い珈琲とデラックスなショートケーキが四人を待っていた。真っ白なクリームに、真っ赤な苺が鮮やかに浮かぶ。白い雪に流れ出た赤い涙のように。

都会の一流ホテルならではのゴージャスなシャンデリアが真上から四人を見つめた。理恵が赤い苺を口に運ぼうとした時、シャンデリアが微かに揺れ、理恵のスマホが激しく震えた。

……着信……０２８７－〇〇〇－０１１０……

「誰だろう。知らない番号だよ。どうしようか？」

「えっ、理恵。下四桁が０１１０って、もしかしたら警察じゃないの」

マミーが四人の中で一番長い人生経験から思いついた。

「そうだな、警察かも知れないな」

皆がマミーの言葉に頷いた。

赤坂での事故と時を同じくして、蛇は浩司の首に巻き付いていた。慌てた浩司は、思わず思い切りの急ブレーキ。

✖✖✖ロック✖✖スリップ✖✖スピン✖✖ガードレール✖✖横転✖✖✖

大雪道でのスピード超過、急ブレーキでは、当然…★…★…★…

シートベルトを無視していた青木は、フロントガラスを突き破り、空に舞った。高く、遠く、怪しい雲まで舞い上がり、固くて冷たい雪道に叩きつけられた。青木の黒い炎は遂に燃え尽きたのである。形を変えた金縁の眼鏡は青木の顔から飛ばされ、ＧＰＳ発信器とともに高速道路沿いの谷底に沈んでいった。

☆

「もしもし、突然にすみません。こちらは栃木県の○☆警察署交通課です。山本浩司さんはあなたのご主人様で間違いないですか？」

「はい、何か……」

「実は山本浩司さんが交通事故に遇いまして、現在、意識不明なのです。至急、栃木県の○☆警察署に来てください」

「えっ、浩司が。浩司は？　浩司の容態はどうなんですか？」

「とりあえず、お急ぎください」

冷たく凍りつくような通話は一方的に切られた。

理恵の手から落ちた真っ赤な苺がケーキの白いクリームを薄紅色に染めた。真っ赤より少しだけ白っぽい赤に。シャンデリアの横にあるスピーカーからピアノが高音で弾ける。細かいリズムが理恵の複雑な胸中をえぐるかのように小刻みに苛める。ＢＧＭがうざい。静かにして欲しい。理恵が天井を睨みつける。

本田も口を半分だけ開き、目の焦点が定まらない。自分たちがテレビドラマのワンシーンにいるかのように感じられ、客観的に自分たちを見つめる。まるで他人事として辺りを観察した。それでもマミーだけは全く動じない。当たり前の事が起こっただけだという表情を貫き、三人の顔を順番に覗き見た。それは不測の事態ではなく、予測の事態であるから。

暫くして本田が切り出した。

「俺、目黒の自宅から車を持って来るよ。みんなでそれに乗って栃木に行こうぜ」

そう言い放った本田は、その場から逃げるかのようにタクシーに乗り込んだ。マミーの視線をシカトして理恵の手を力強く握りしめた。すると理恵がうつむいて言葉を絞り出した。

「ごめん、今は。今は握らないで。今は放っておいて」

理恵の頭の中には様々なシーンが浮かび上がってくる。

……あの暑い夏の日、暑過ぎる太陽が降り注ぎ、互いの笑顔を見つめ合っていたあの頃……

……浩司が運転するトラックに一緒に乗って全国各地を回っていたあの頃……

……紗央莉が生まれ、感激して流す浩司の透き通っていた涙……

あんなにたくさん、凄く凄く憎んでいたはずなのに、楽しかったあの頃だけが頭の中を駆け巡る。

理恵は柔らかなソファーに浅く腰を掛け、背筋をスッと伸ばし目を閉じている。目を閉じても瞼の内側で目の玉が激しく揺れ動く。そして静かに話し出した。

「マミー、子供たちを、子供たちを亜紀さんに頼んでくれない。今日は帰れないかも知れないから。それからマミー、お金を、少しお金を持ってるかな？　何に使うかわからないから。五万くらいでも貸してくれない？」

「う、うん。大丈夫だよ。二〇万なら持ってるよ」

「えっ、何で二〇万も持ってるの？」

「う、うん。偶然だよ。たまたまだよ」

今度は視線の方向をこちらに変えた理恵が尖っていた口を平たくして話してきた。

「ずっと一緒にいてくれる？　一人にしないって約束してくれる？」

「うん、もちろんだよ。理恵」

「じゃー手を握っていて。ずっと握っていて」

右手で理恵の左手を包み込み、左手で理恵の肩を抱き寄せた。マミーの鋭い視線に負けない強い力で理恵を呼び込み、胸に額を埋めさせたのである。

少しの時間が流れた。

「理恵、大丈夫か？」

「大丈夫だよ。全然、大丈夫だよ」

「わかった。じゃあ今のうちにお手洗いを済ませておきなさい。高速は長いぞ」

「うん、わかったよ。待っててね」

理恵はロビーの横の通路を進む。ロビーには大きなテレビがあり、そのテレビにはこの日のニュースが流れていた。

〈今日の関東地方は記録的な大雪でした。この雪の影響で大きな交通事故がありました。栃木県の那須を走る東北自動車道では……〉

横を通り過ぎる理恵は、目にも耳にも入らない。

〈この事故で五〇代と三〇代の男性が死亡し、二〇代の女性が意識不明の重体です〉

その時、一人の男がホテルの入口に差し掛かった。

〈原因は雪道でのスピードの出し過ぎと見て、警察は詳しい事故の状況を調べています〉

色が黒く、サングラスに帽子な男がエントランスを通過した。男はテレビの前で一瞬立ち止まり、事故の概要を知るとエレベーターで居室に上がって行った。

……どうやら上手くいったようだ……

理恵が化粧室から戻って来た。栃木の警察に向かう緊迫した状況でありながら、目の前に見つけた出来事に気持ちを動かす。一種の現実逃避的に話し出した。

「ねぇ、また、生方さんに似た人がいたよ」

「理恵、わかったよ。少し落ち着きなさい」

「本当だよ。マジ、似てるんだよ。まるで本人だよ」

「わかった、わかった。近いうちにマニラに行こうな。マニラで撃たれた生方に花を手向けに行こうな」

「う、うん。でも、似てるんだよな」

今度はマミーの口が半分だけ開き、目の焦点が定まらなくなっていた。

暫くするとホテルのボーイがやって来た。

「本田様がお戻りになられました」

外を見ると本田がネイビーなＢＭＷに乗り、車内から手招きをしている。

「ありがとう、本田」

三人は本田の車に乗り込み、栃木に向けて出発したのである。新橋ランプから首都高に上がり、東北道を使って栃木を目指す。雪道での到着は二、三時間後であろうか。

☆

本田が運転するＢＭＷの窓から雪が舞い散る冷えた街を見つめていた。冬の寒さより遥かに冷たい人間の心をビル群に問いかけた。

……なぜ、浩司が事故に遇ったのか？……

……浩司が事故を起こしたのか？……

……それとも、浩司は事故に巻き込まれたのか？……

……もしかしたら、仕組まれたのか？……

理恵は車内でずっとスマホを見つめている。ずっと何かを調べている。ＧＰＳの位置情報を探っているのか？　暫くすると理恵が鈍い声を発した。

「浩司、死んだよ。ネットのニュースに出てる。アーバンが事故だって。クルマのナンバーも映っている、・・３４が。浩司と青木が死んだって。彩乃も乗ってたみたい。彩乃は意識不明だって。彩乃も死ねばいいのに」

探偵は動揺して固まる。マミーは予定通りで動かない。本田は話を聞いていない。三者三様。

そこまで話すと理恵は目を閉じた。

この半年の辛い状景ばかりが目に浮かぶ。

……あの夏の日、青木が突然現れ、その後、浩司の顔は日増しに変わっていった。憎たらしい顔に……

……彩乃と浩司が手を取り合って、春日部のマンションに入って行く様子……

……真夜中に突然、浩司が話し始めたカミングアウト……『俺はオンナが出来た。オンナと暮らす。だから別れてくれ』……

……マミーから五〇〇、あたしから二五〇を騙し取った時の濁った笑顔……

……何度も何度も、刺したい、殺したいと思っていたあたしの心……

……青木から持ちかけられた、浩司暗殺計画と死亡保険金の折半……

……しかし、その青木が死んだ。この事故で死んだ。えっ、青木も死んだって事は、保険金は全て一〇〇％。えっ？　ん？　もしかしたら、マミーが仕掛けたの？　マミーが浩司を暗殺したの？　あたしのために。じゃー事故じゃないって事なの？　だってさっき、アーバンがマミーの店に停まってたし。なぜ、マミーはアーバンの話をしてこないのかなぁ？　マミーは何を隠しているんだろう？……

理恵は一人、心の中で自問自答していた。

「だいたい、おかしいよねっ。だって、普通なら警察は大至急、病院に行ってくださいって言うよね。それが大至急、警察署に来てくださいだなんて。実はもう、とっくに浩司は死んでたんだよ。あたしたちが赤坂で追突された、あのタイミングで」

理恵は気丈なのか？　それとも薄情なのか？　浩司に対する思いを口にしない。この芯の強さはマミーと重なる。

ＢＭＷが川口Ｊ・Ｃから東北道に差し掛かると、それまで降り続いていた大粒な雪は静かに止み、代わって真夏を思わせるほどの力強い太陽が西の空に浮かび上がった。積もった雪に夕陽が眩しく輝き、溶かし消す。青木が連れてきた黒い雲は消えて無くなり、青木の命がはかなく燃え尽きた事を示したのだ。

本田に運転を委ね、更に北へと進んだ。なぜか本田の隣に座ったマミーを後部座席から二人が鋭く見つめる。

……マミーはなぜ、店にアーバンが来た事を話さないのだろう？　話すなら今、このタイミングなのに……

……マミーはなぜ、あたしと並んで座りたがらないの？……

たくさんの不思議が本田のＢＭＷに籠もった。誰もが口を開かない。重い空気を本田のＢＭＷが運び続けた。

栃木の警察署に着くと、理恵は直ぐに暗い部屋に通された。理恵に付き添い、冷たい浩司と対面した。無言の浩司に対面した時、理恵は優しく話しかけた。

「浩司、今までありがとう。お疲れ様でした。もう、あなたの事を恨まないで済むね。死んだ者には罪はないよ。死ぬまでは罪があっても。もう、死んだのだから、浩司、許すよ」

だが、マミーは対面しなかった。それほどまで浩司が憎いのか？　死んだ顔も見たくないほど憎いのか？

その頃マミーは一人、警察署の裏側にある事故車両の駐車場にいた。原型を留めないほど潰れ、全ての窓ガラスが弾け飛んだアーバンの車内は、赤と黒の血に染まっていた。

マミーはそっとドアを開け、運転席の下を覗いた。生方が仕掛けた蛇を捜していたのである。

しかし、蛇はいない。

……なぜ、いないの？　生方さんは間違えて助手席の下に仕掛けたのかな？……

そう思い、今度は助手席の下を探った。すると、中身が少しはみ出た封筒が二つ。青木が白い粉の取引のために用意していた五〇〇〇万円ずつの封筒を見つけたのである。

「あっ、金。一〇〇万束が五個ずつ二つ」

マミーは口を大きく開けた。

「うっ、ふっふっふっ」

蛇よりも冷たく、ヌルッとした手で封筒を自分のバッグにしまい込んだ。更に車内を物色。まだ何も見つけていないかのように。しかしなぜか、魔女の遣いは見つからない。蛇は浩司の首に絡み付き、大きな仕事を終え、割れた窓ガラスから脱出。栃木の森に消えたのである。何の証しも残さずに。

確かにアーバンには、車載カメラもドライブレコーダーもない。それは青木がブラックな取引の証拠を残さないために、わざと取り付けていなかったからである。


三時間に及ぶ取り調べや手続きを終え、警察署を出た四人は駐車場で夜空を見上げた。真冬の澄んだ空に無数の星がまるでプラネタリウム。

一つの星がすっと流れて、沈むように消えた。一回り大きな星がキラキラと輝きながら夜空をぐるっと回り、ゆっくりゆっくりと天《てん》高く消えていった。四人で天《そら》に向かって手を合わせた。

「浩司、さようなら」

車に向かって歩き出したが、理恵だけは一人、天《そら》に視線を送り続けていた。言葉を掛けずに理恵の気の済むまで、三人は車の横で待つ。

「本田、帰り道は運転するよ」

「大丈夫だ。任せておけ。俺よりも理恵さんを見てあげろよ」

本田の友情を受け入れ、理恵と後部座席に座った。東北道から首都高に戻ると、星に代わって無数のビルが都会の暗闇に輝く。理恵はすっかり元気になった振りをしている。

「マミー、ごめんね。浩司が死んだから、五〇〇万が返せなくなっちゃったよ。もし保険金が下りたら、それで返すからもう少し待っててね」

マミーは無言。

「ねぇ、マミー、待っててね」

マミーは更に無言を続ける。

「マミー、どうしたの？　大丈夫？」

気持ちを整理したマミーが言葉を開いた。

「じ、じ、実はね」

「？　えっ何？　実はって？」

マミーは何を言い出すのか？　理恵が身を乗り出した。

「実は、さっき、こぅ。実は昼頃、浩司が店に来たのよ」

「えっ、えっ、来てた？」

理恵はとぼけ、探偵は聞いていない振り。

「浩司が、今まですみませんでしたってお金を持って来てくれたのよ。五〇〇万。別にもう五〇〇万。理恵が貸してた二五〇〇万とごめんなさい料だって。合わせて一〇〇〇〇万円」

「うっ、ウソでしょ？」

「この二つの封筒だよ」

マミーはバッグに隠してあった蛇の心を理恵に見せた。それは決して浩司の心ではない。マミーと生方が成し遂げた回収の一つであった。

「理恵に話そうと思っていたんだけど、ずっとタイミングがなくて。理恵、ごめんね」

マミーは浩司に持って来させた二〇〇万の事は話さず、財布に飲み込ませたままだ。

……マジか。浩司、こ、う、じ。浩司、ありがとう。浩司はそのために店に来てくれていたのね……

理恵がこちらを見つめてきたので小さく頷いた。

「うん」

理恵の涙に都会のイルミネーションがぶつかり、赤い雫となって頬を伝わる。運転している本田は目から汗をかいた。目がかすみ、安全運転に不安を抱えた。予定より手前の東池袋で首都高を降り、不忍通りをゆっくりと新橋に向かったのである。

「本田さん」

マミーが低い声で本田を叩いた。

「はい、マミーさん。何か？」

「わたしたち車がないのよ。追突されて。だから岩槻インターで降りてもらいたかったのよ」

「あっ、ですよねっ。今、新橋に向かってますが……」

……えっ、新橋に？　だから新橋はヤバいのよって……

マミーの心の中の独り言。

「仕方ないわ。いいわよ。豪華なラーメンでも食べてタクシーで帰るわ。お金ならあるしね」


その頃、ウービーは銀座のＴＴＯＯＰＰ　Ａですっかりと酒に泳いでいた。店の一番奥、青木の指定席にどっぷりと座り、来るはずのない青木を待っていた。

「美桜ママ、青木さんは何時に来るのかな？　俺、連絡が取れないいんだよ」

「ウービーさん、私も連絡が取れなくて……」

この日、この店にはピアノが響かない。

☆　☆　☆

この日、いやこの日以降、二度と青木がこの店にやって来るはずがない。生方はいつもより大きく足を開き、大きな態度でゆっくりとブランデーを進めた。誰にも叩かれないピアノに代わって、この日はクラシックな音楽がスピーカーから店内を演出する。

生方のブランデーグラスには三つの顔が浮かんでいた。一つ目は浩司の顔。本当に殺ってしまってよかったのか？　青木さえいなければ、まだ若い命までを奪う必要はなかったのではないか？　浩司の後ろには、理恵と二人の子供の顔が並び立つ。今後、この三人はどうやって生きていくのか？　しかし、どうせ青木に殺られる命だったのだから、俺が先に殺っただけだ。生方は自分を納得させる言い訳を考え、ブランデーを一口吸い込んだ。

二つ目は青木の黒く角刈りな顔。この半年もの間、浩司を翻弄し続け、我が儘に生きた男。自分自身も何度も騙された。日本の戸籍も、金もオンナも全てその存在を消された。一縷の未練もない。極刑をもって臨むしかない。生方は視線を鋭くし、無人のピアノを見つめた。

更に三つ目の顔。それは美夏の顔。この数日間ではあるが、心と身体を許したオンナ。無音のピアノを見つめていると、事故で意識不明になっている美夏の温もりが心に甦る。美夏は青木の刺客であるとわかっていても生方には許せた。美夏までも殺るつもりはなかった。青木の呪縛から解放されたのであれば、素直な女に戻った美夏を助けたい。幾らの金もない、何の力もない、そんな自分でもどうにかしたかった。

しかし、明朝に迫ったマニラへのフライトは純粋な心の生方に時間的な猶予を持たせなかったのである。

……明日の朝に俺は飛ぶ。何かをしたくても時間がない。俺は明日の今頃はマニラにいる……

ゴージャスに流れ落ちる滝に生方の心が揺れる。グラスを持ち上げ、ブランデーを一気に吸い込んだ。

豪華なラーメンを食べ終え、三人は本田のＢＭＷと別れた。タクシーで埼玉を目指し、土橋インターから首都高に上った。無数に連なるタクシーのテールランプと、浩司の憎たらしい顔が重なる。脳裏に浮かんだ残像では浩司と彩乃が手を繋ぎ、銀座の街を笑顔で歩く。

理恵が大きなため息を飲み込んだ時、マミーが理恵に問いかけた。

「理恵、浩司のお葬式はどうするの？」

理恵は眉を吊り上げ、尖った口で反応した。

「何で。そんなのしないよ。そんなのするわけないでしょ。あたし散々、浩司の我が儘に振り回されていて、それで最期もオンナと一緒だよ。そんなの許せるわけないでしょ。弁護士さんに相談して、生命保険とクルマの搭乗者保険を請求してもらうよ。浩司に関する相続は一切、放棄するよ。どーせ、プラスの財産なんて、何も無いに決まっているよ」

理恵の言葉は勢いよく続いた。都心を抜け出したタクシーが理恵の言葉に促される。スピードを上げ、あっという間に岩槻インターから国道一六号に流れた。

岩槻インター近くにある白い粉の取引現場横を通り過ぎる時、思わず、その方向に視線を投げていた。ここはＧＰＳ情報で目撃した場所だ。すると、理恵が呟いてきた。

「もう、見なくていいんだよ。もう、来ないよ。もう、いないんだから。浩司たちは死んだんだから」

マミーだけを自宅前で降ろし、理恵のマンションに向かいかけたタクシーは理恵の言葉で一旦、停車した。

「あたし、このまま帰りたくない。少し、少しだけ飲ませて。もう少しだけ一緒にいて」

既に深夜の二時を過ぎ、ファミレスの時間ではない。まさかこんな日に、理恵を抱きしめるわけにもいかない。タクシーは左に出していたウインカーを右に変え、東大宮方面を行き先とした。

マミーはその様子を自宅前からそっと観察していた。

「アイツ等、また自宅じゃないし。ブツブツブツ」

☆

行き付けのBARにタクシーを着けさせた。ビルの地下にあり、オーセンティックなこのBARは、小さく絞った照明が間接的にボトルに当たり、グラスに跳ね返る。カウンターの内側で白いワイシャツをお洒落に着こなしたマスターが小気味良くシェーカーを振ってくれる。いつものタンカレーなジントニックをゆっくりと飲んだ。理恵は甘めのカクテルを頼み、一気に吸い込んだ。

小皿に出されたナッツを噛み砕く理恵にマスターが話しかけた。

「何か、もう一杯お作りしましょうか？」

「あっ、はい。ちょっと強めのをお願いします」

背が高く、いつも笑顔で話しかけてくれるママがこの日は口を挟むタイミングを掴めない。

不思議そうに二人を交互に見つめた。

理恵のドリンクがいよいよ五杯目に入ると、それまで尖っていた目はとろりと優しくなり、眉間のシワも素直に伸びた。

「マスターさんも、ママさんも飲んでください」

「あっ、ありがとうございます。では、アミちゃんも一緒に頂きましょう」

四人でグラスを合わせると、アミちゃんが自己紹介をしてきた。

「ママをしています、アミです。これからはアミちゃんと呼んでくださいね」

「えっ、彩《アヤ》ちゃん？」

「理恵、違うよ。アミちゃんだよ」

「あー、びっくりした。また、アヤが出たかと思ったよ」

理恵が小さく笑った。二人は浩司の事には触れず、自分たちが追突された赤坂での事故についてだけを話すと、マスターとママは微妙な笑顔で接客に徹した。

いつしか理恵は椅子にもたれず、こちらに肩で寄りかかり、左手で膝に掴まってきた。他の客が帰路につき、二人だけになった時、アミちゃんは内側から出てきて、カウンターに、理恵と一つ席を空けて座った。理恵の左手の位置を見つけ、理恵越しにこちらの目を伺ってくる。

そんなアミちゃんの瞳をマスターがカウンターの内側から観察していた。

そろそろ三時間も飲んだ頃、マスターが店の片付けを始めた。

「社長さん、運転代行をお呼びしましょうか？」

「うん、ありがとう。でも、今日は車が無いんだよ」

「あっ、そうでしたね。事故に……」

事故と言う単語に理恵がすかさず反応し、背筋を伸ばした。二月の朝焼けは遅い。到着したタクシーに乗り込んでも街は暗いまま。二人はこの日もお互いの自宅には帰らなかった。


生方も明け方まで飲んでいた。美桜ママは、客席を回っては何度も生方の席に戻り、ゆっくりと煙草を吸う。そんな美桜には、この席がウービーの優しさに甘えられるひと時の元気充電だ。またあちこちの客を巡る美桜の後ろ姿を生方は涼しく見つめた。

この店も遂に朝を迎えた。この日、この時間は暗殺計画の実行時間だ。ウービーが浩司を轢き殺す予定の時間である。

結局、青木はとうとう現れず、青木の幻でさえ店に辿り着かなかったのである。美桜にもウービーにも、誰からの連絡が来る事はなく、青木からの連絡は途絶えた。


新橋のホテルに戻った生方は一旦ベッドに横になり、美夏の残り香を求めた。抱きしめた枕を自分の頬で撫でると、そこに美夏の長い茶髪を見つけた。両手でそれを握り、自分の出来る限りの〝気〟を送った。

……「美夏、生きてろよ、頑張れ」……

帰国の荷物を素早く仕上げ、部屋を出ようとした時、フロントからの電話が生方の足を止めた。

「おはようございます、ウービー様。只今、成田空港から情報が入りました。昨日の大雪の影響で、本日の成田発の国際線は全て欠航との事でございます」

「えっ、あぁそうですか。わかりました。ありがとうございます。では、引き続き延泊をお願いします」

「畏まりました。では、ウービー様、ごゆっくりとお過ごしくださいませ」

生方はベッドに横たわり目を閉じた。

一度明るくなった大都会が再び夕方の暗さを迎えた頃、生方は夢で起こされた。温もりが、美夏の香りが生方の心に飛来してきたのである。

夢の中で美夏が白い包帯を額に巻き付けてしがみつく。

「ウービー、ウービーごめんね、ウービー」

まだはっきりと覚醒しない生方に美夏が夢の中で語り続ける。ウービーは夢の中で美夏を抱きしめた。

実は、それは夢ではなかったのだ。生方が愛した本物の美夏が、奇跡的にも一命を取り止め、生方の前に戻って来たのだ。青木の呪縛から解放された美夏が、本心でウービーの元に戻って来たのである。もう刺客ではない。オンナから女に戻ったのだ。

「ウービー、私もマニラに連れて行って。ずっと一緒にいて」

生方は何も咎めず、美夏を愛した。

昨夜の帰宅が真夜中であったにもかかわらず、マミーは早く目を覚ました。空になったケージを見つめ腕を組む。

……やっぱりあの男、あの一三年前の・ヤモト。本当に、また来たわ。もう次はないけど。あの男が青木だったのね。あの時、理恵は中学生だった。あの娘は彩本に全く気付いていない……

……やっぱり理恵たち、アイツ等、あれから二人でどこ行った？　どいつもこいつも。ブツブツブツ……

午後まで寝ていた二人がホテルを出てマミーの店に着くと、マミーは鋭い目で観察してきた。頭の天辺からつま先までをじっくりと拝見された二人は、昨日と全く同じ出で立ちだ。今更マミーは一切、刺してこない。当然、こちらからBARの事も、ホテルの事も口には出せない。

理恵が今後の計画をマミーに話し、マミーも柔らかく受け入れた。貸していた五〇〇万よりも、また二五〇万よりも、それぞれにそれを上回る回収を果たした二人は、尖り合う事なく、明るく和んでいた。

と、その時、店の入口から紗央莉が飛んで来た。

「ママ、ママー」

亜紀が二人の子供を連れて来てくれたのだ。紗央莉は一目散に理恵にしがみつく。雅弘は言葉を発さず、ただただ理恵の額に頬を擦り寄せた。

理恵の女としての心と、母親としての心が入れ替わる。理恵は力の限り二人を抱きしめ、止《とど》まる事のない涙を流し続けた。

その間、弁護士事務所に連絡をし、日程の相談をした。弁護士に保険金の請求をしてもらう。何の問題もない。自爆事故に疑われる余地はない。

……大雪の中でのスピード超過、自損事故でしかない……

時を同じくして一台のタクシーが、新橋のホテルを出発していた。マミーの店に向けて。色の黒い男と額に白い包帯を巻き付けた若い女を乗せている。

☆　☆　☆

「亜紀さん、子供たちをありがとうございました」

理恵が丁寧な言葉で感謝をすると、事情をよく知っている亜紀は、チャーミングな笑顔で頷いた。いつも明るい亜紀は、その場を和ませる。

「理恵ちゃん、頑張ってね。いつでも相談してね」

「はい、ありがとうございます。頑張って生きていきます」

会話の終わりを待っていた雅弘が、理恵に夕食をねだった。

「ママ、お腹が空いたよ。もう、夕ご飯の時間だよ。早く何か食べた〜い」

「そうね、理恵。今日はそろそろ、しっかりと自宅に帰りなさい。子供たちとね。早く帰って子供たちの食事を作りなさい」

マミーはそう言いながら目で槍を投げてきた。探偵は槍に追い出されるかのように腰を上げ、店の出入り口に向かった。すると、理恵が小走りで追いかけて来た。胸に飛び込んで来ようとする理恵を笑顔で堪え、理恵の右手だけを抱きしめ、そこに唇を乗せた。

「今日はママでいなさい。子供たちだけのお母さんでいてあげなさい」

理恵の女の心と母親の心が交互に揺れ動く。

探偵は笑顔を残して蓮田駅に歩いた。その後、理恵たちも直ぐにタクシーを呼び、マミーの店を出て自宅に向かったのである。

乗った電車が駅から動き出し、ゆっくりと踏切を過ぎる時、遮断機の両側に二台のタクシーが対角線で停まっていた。一台のタクシーには理恵と子供たち。もう一台は都内ナンバーのタクシーだ。ミスターウービーと美夏を乗せて。

東大宮駅前にあるいつものＢＡＲのカウンターに座った。一番奥のいつもの席から斜めにマスターとアミちゃんを見つめた。この日の初口の客で、他にはいない。カウンターの内側の二人に乾杯を誘い、先ずはバドワイザーの小瓶なビールを三口、すっと吸い込んだ。

するといきなりアミちゃんが刺してきた。

「社長、昨夜の方は？　今日はご一緒じゃないの？」

アミちゃんはキュートな口を尖らせ、瞳と言葉で苛めるように覗き込む。

「えっ、昨日の彼女？　あの娘とは昨日、初めて会ったんだよ」

「え〜、初めて？　初めてにしては、随分お深い仲のようで……」

「まっ、まあ、もう一杯ずつ飲もう。どうぞ。次は、いつものタンカレーにしようかな」

マスターが苦笑いをしながら、いつもより少し濃いめの一杯を作りあげた。

その頃、マミーの店にもこの日、最初の客が入って来た。タクシーで乗りつけたこの客は、歳の離れたカップルだ。白いハチマキの女と顔の黒い男。男は少しはにかみながら入口を右手で引いた。

「ええぇ、生方さん。どうしたの？　今朝の飛行機じゃなかったの？」

マミーがびっくりして生方に尋ねた。この日の朝のフライトで既にマニラにいるはずである。

「そうなんですが、飛ばなかったんですよ。成田に昨日の雪が残ってて、飛ばなかったんです。欠航でした」

「あぁ、そうだったのね」

生方が嬉しそうにマミーに話し出す。

「あっ、マミー。紹介します。この娘が美夏です。私が大切にしている美夏です。昨日の事故で……。でも、奇跡的に助かりました」

恥ずかしそうに小さく頭を下げた美夏には純粋さが表れる。マミーも笑顔で会釈を返した。

「ニュースでは重体って。でも、助かったのね」

「はい、助かりました。あの二人は逝きましたが、美夏だけは奇跡的に。それで美夏が戻って来てくれました。美夏とは、お互いに全ての事を話しました。だから、美夏は全てを知っています。明日の飛行機で一緒にマニラに帰ります。美夏ももう日本にはいたくないって。美夏も一緒にマニラに来てくれるって。マニラで二人の力を合わせて、明るく正しく暮らします」

「そうなのね。良かったわ。頑張りなさい」

「はい、ありがとうございます。社長と理恵さんがマニラに来たら、ちゃんと謝り、しっかりと報告します。たぶん三月に計画していた春日部のスーパーの賞品、あの暗殺ツアーのフライトで来るのかなって思っています。さぁマミー、三人で乾杯してください。一緒に飲みましょう」

それ以降、浩司や青木について話す事はなく、三人は笑顔で会話を続けた。

自宅に戻った理恵は、雅弘が大好きなピーマンの肉詰めを作り、子供たちの心とお腹を満たした。子供たちとベッドに並び、川の字を作ると、安心した二人は直ぐに寝息をたてた。

カーテンの隙間から二月の満月が理恵の顔を照らす。真夏の太陽に照らされたあの頃から始まったこの半年が、走馬灯のように理恵の心に去来する。熱い太陽から赤トンボと移り、小さな秋を見つけた。枯れ葉が舞い散り、冷たい風に頬を叩かれた。

人を愛し、人に裏切られ、人に騙され、人を憎んだ。そしてまた人を愛した。裏切った人が天《てん》に飛び、金が残る。浩司の生命保険、自賠責保険、それに自動車搭乗者保険。税金や弁護士費用を差し引いても、一億を超える金が理恵の手元に残る。

人の命は金なのか？　人の心は金なのか？　人間として、妻として、母親として、女として、性と欲と衝動に囚われず、常に白くありたい。この金は無かったものとして、心の中に封印する。この子供たちの将来に、必要となるその日までずっと封印だ。理恵は心に固く誓ったのである。

カウンターの片隅で五杯目のタンカレーに進んだ時、スマホがＬＩＮＥを受信した。

……ＬＩＮＥ……「今、どこにいるの？」……

……ＬＩＮＥ……「ＢＡＲだよ。昨日のＢＡＲだよ」……

……ＬＩＮＥ……「誰と？」……

……ＬＩＮＥ……「もちろん一人だよ」……

……ＬＩＮＥ……「ホント？　信じていいの？　じゃー今から行ってもいい？」……

……ＬＩＮＥ……「ダメだよ。今日はずっとママをしていなさい」……

ＬＩＮＥを終え、椅子の背もたれに身体を預けて、天井を見上げた。海の中をモチーフにし、ブルーにあしらわれているこのＢＡＲの天井に、水面を思わせる青色の波が間接照明で優しく揺れる。

気が付くと、タンカレーのグラスを力の限り、強く固く握っていた。

「マスター、もう一杯。同じ物を作ってください」

☆　☆　☆

♪♪♪フィリピン航空、ＰＲ４３１便マニラ行きは只今よりお客様を機内にご案内いたします。Ｇゲートより三一番搭乗口までお進みください。Attention Please……♪♪♪

浩司が星になって一カ月。理恵はすっかり落ち着きを取り戻していた。成田空港の第二ターミナル、出発ロビーに二人の姿があった。高い天井からの最終案内が耳に届く。二人は会話をしながらゆっくりと機内に向かった。

「スーパーの川島支配人も、まさか俺たち二人がマニラ旅行に行くなんて思ってないよな」

「だよね」

「結局、俺たちが自分たちを招待しているんだからな」

「だって、あの時は生方さんも生きていたし、浩司だって青木だって生きてた。あたし、生方さんが殺られた所に手向けようと思ってさ、メッセージカードを書いてきたんだ。あたしのために命を奪われた……」

「理恵、お前って本当に優しいな。俺は、何か一つでも生方の形見になるものが見つかればいいなって考えているんだ。生方が日本に戻れなかった無念を晴らしたい。あの時のアイツの声、途中で切れた電話の声が忘れられないんだよ」

二人の脳裏に生方の笑顔が甦る。あのファミレスで、マニラ旅行の話を聞いて喜ぶ生方の笑顔を。

「あの頃はずっと寒かったよね」

「そうだな、ずっと寒い毎日だった。でも早いな。もう三月だからな」

二人が搭乗し、席に座って幾つかの会話をしていると、飛行機のエンジンが本気で回り始めた。背中が座席に押し付けられるように後ろに引っ張られる。すると、日本列島がみるみると小さくなっていった。理恵はシートベルト着用が解除される前にそっとベルトを外し、膝の上に背中で甘えてきた。

「理恵、日本に帰ったら探偵事務所の仕事を手伝ってくれないか」

「マジ？　探偵って難しいと思うよ。今回はあたしの事だったから情報とかも集めやすかったけど」

「でも、理恵の鋭いパワーは武器になるぞ」

「マジ？　じゃー本気で暴いちゃおうかな」

「俺たちの行動力と観察力は類い稀な二人だぞ」

「バカじゃん。類い稀は、自分たちでは使わない言葉だよ」

「そうだな」

探偵が理恵の髪を撫でると、理恵は笑いながら提案をした。

「でも、もしやるならマミーを入れてもいい？」

「それはありだな。マミーの行動力も凄いからな。本田はどうする？」

「本田さんはチケットの手配係だね。あっ、お土産もたくさん買わなきゃ」

「そうだな。大分活躍してくれたな。このフライトの手配も本田だし、あの事故の日もずっと一緒にいてくれたのは本田だ」

「本田さんっていいお友達ね」

「アイツには感謝だよ」

「あたし、いろんな人に迷惑をかけちゃったなぁ。子供たちは大丈夫かなぁ？」

「心配だよな。でも、マミーの事だからしっかりと見ててくれるだろう。また大宮のデパートにでも連れて行ってくれているよ」

「そうだね。でも、大宮のデパートってハムスター？　蛇？　あっ、そういえばいつの間にかマミーの大切なボールパイソンがいなくなってるのに気付いてた？」

「ああ、知ってたよ。凄く気になって、この間マミーに聞いたんだよ。そうしたら『逃げたのよ。あの雪の日に』だってさ」

びっくりした理恵が起き上がり、探偵の瞳を見つめた。

「えっ、雪の日って事故の日の事？　あの日ずっと一緒にいたのに、マミーは何も言わなかったよね。マミーはあの日、凄く変だった。何か凄く不自然だったよ」

「確かに変だったな。アーバンが店に来てた事もずっと隠してたしな」

「蛇はどこに行ったのかな？　まだ店のどこかに隠れていて、急に出てきて誰かの首に巻き付いたりして」

「いや、もう店にはいないよ。蓮田の草むらで暮らしているよ。たぶんな」

「じゃーデパートでまた蛇を買うんじゃない？　ヤダよ。ヤダ、もうやめてよ」

☆

二人は僅かに揺れる機内でお互いに寄りかかりながら、この半年間を回顧した。歳も違えば立場も違う。男と女の感性も違う。しかし、白いものは白。黒いものは黒だ。

浩司は理恵と一緒にいる時間の二倍を青木に費やした。青木と一緒にいる時間の三倍を彩乃に求めた。金と家庭が青木に奪われ、彩乃に埋まった。理恵とGPSを駆使して探り続けた。次々に青木と浩司の悪事が浮かび上がる。白い粉の取引も発見した。朝から夜まで二人で追いかけ、夜から朝まで二人で過ごした。いつしか二人は心を許し、身体も許した。クリスマスも正月もなく調べ続ける日々の中で、生方の命が青木に召された。

ずっと空の上から見ていた太陽は悪を許さなかった。黒い雲に隠れていた太陽はアーバンにたくさんの黒い雪をもたらした。

雪は高速道路での自爆事故へと導き、浩司の命は天に飛び、青木の命は地に這った。言葉を発しない二人の会話は、理恵にたくさんの涙を求めた。手に流れた理恵の涙の上に涙を重ねた。もう瞳を尖らせたくなんかない女の心と、もう泣かせたくない男の心。二人の熱い心は、マニラに散った生方の思いを慰めるため、成田を飛び立ち、間も無くニノイ・アキノ国際空港に滑り込む。


明るく強い陽射しが二人を照りつける。熱い太陽が容赦をしない。熱帯性気候の地を表す背の高い樹が、高い位置で葉の房をうなだれていた。

二人は空港二階の到着ロビーから、生方最期の場所を探し始めた。唯一の手掛かりは、本田があの日、生方のために書いた地図。それを本田に再現してもらい、今回マニラに持参した。

暫く迷うと、駐車場の一番奥に、物寂しく置かれたベンチを見つけた。

「あのベンチ？　この地図だと、ねぇ、ここじゃない？」

「うん、たぶんここだな。理恵、ここに間違いないだろう」

駐車場の奥隣には、深い森がうっそうと生え茂る。かなり薄気味が悪い。今にも何かが出て来そうな場所である。

「こんな淋しい所で、生方は最期を迎えたのか」

理恵はベンチに近づき、メッセージカードを手向けようと跪《ひざまず》く。すると、ベンチの向こう側に焦げ茶色の靴が片方だけ。半分以上に土が被さっているのを見つけた。

「あれは？」

「うん、間違いない。生方のだ。生方がいつも履いていた焦げ茶色の靴だ」

「本田さん、言ってたよね。焦げ茶色の靴が片方だけ落ちてたって」

右手で靴を拾い上げバッグに入れようとした。するとその時、二人に黒い顔が近づいていた。冷たい空気が二人に流れ込む。直ぐに気配を感じ、恐る恐る振り返った。黒い男が二人を襲って来たのである。

「理恵、ヤバい」

「ウソでしょ。出たよ、お化け、出たよ」

「理恵、逃げるぞ。走れ」

二人は靴を放り投げ、一目散に走った。命をかけて一生懸命に走った。五分ほど走り、高い建物の裏側でしゃがみこんだ。

「フーフー。あぁ、びっくりしたな」

「マジ、びっくりだよ。また出たよ。生方さん。でも、マジ似てたよねっ」

「似てたって、そりゃ似てるよ。本人のお化けなんだから。生方の無念の強さを感じたよ。でも、怖いな。お化けは」

二人は大きく深呼吸をしながら立ち上がった。寒気を感じながらも二人の背中には大粒の汗が流れている。するとまたも背後から、黒い影が忍び寄る。音をたてずに。そっと。

「理恵さ～ん。社長～」

「ギャ――」

「ヤバい、逃げろ――」

二人はまたも一目散。この日のフライトは最初から予定されていた、あのツアーの日。浩司と彩乃を葬るための暗殺ツアーの日である。生方は二人を待っていた。日程を知っていた生方は二人に謝りに来たのである。

怖さに懲りた二人は、三泊四日の旅行中、もうこのベンチには近づかない。生方をさておき、熱い太陽の下で異国の楽しさを求めた。ここにはマミーもいない。

結局、生方は謝る事が出来ず、二人は帰国の日を迎えたのである。みんなへの土産を買い込み、出発ロビーで搭乗案内を待つ。

♪♪♪Attention Please……This is the final call……♪♪♪

「生方、また来るからな。もう化けて出るなよ」

「探偵事務所には、生方さんも必要だったね」

「そうだな、アイツの飯食いが早ければな」
「あたしたち、類い稀な二人とマミーと本田さんと……」
「理恵、類い稀な……は他人から評価される言葉でしょ」
「あっ、そうだったね」

日本ではこの日、一人の女が東京湾に身を投げた。まだ若いスレンダーな女。一機の飛行機が東京湾の上空を通過し、成田空港に舞い降りた日、身元不明の女が静かに浮かんだ。
別件ではあるが、浩司が天に舞って以降、彩乃を見た者も、彩乃を捜す者も、誰一人としていなかった。

了

ご挨拶

厳格だった父に〝感恩〟という言葉を教えられました。人に恩を感じ、その恩に報いるように生きること。

今回の執筆にあたり、たくさんの人と出会い、たくさんの恩恵を賜りました。出版社様、親友、そして家族。皆様のお力があってこの一冊に至りました。

心より感謝を申し上げます。

私が生きてきて知り得た場所、情景に人間の様々な感情をのせ、文章に色をつけて描きました。

……人を愛し、人に裏切られ、人に騙され、人を憎んだ……

……人の命は金なのか？　人の心は金なのか？……

いや、決して金ではないはずです。

これからも、金で買えない心の動きを表現して参ります。

お読み頂き、ありがとうございました。

小石川　心（こいしかわ　しん）

石突宏。1961年、東京・文京区小石川生まれ。1984年学習院大学経済学部卒業。経営労務論専攻。商社に13年間勤務後、独立創業。長年、剣道にて心身鍛練するも、過度なトレーニングにより両膝に変形性関節症を発症、長歩行不可。健康治療機器の会社を経営する傍ら、人生15冊を目指し、執筆を開始。185センチ93キロ。剣道四段。趣味は筋トレ、野球、大相撲等スポーツ全般。気・心・感謝・人生青春を意識して生きる男。

黒い雪が降った時

2021年9月28日　初版第1刷発行

著　　者　小石川　心
発 行 者　中 田 典 昭
発 行 所　東京図書出版
発行発売　株式会社 リフレ出版
〒113-0021　東京都文京区本駒込 3-10-4
電話 (03)3823-9171　FAX 0120-41-8080
印　　刷　株式会社 ブレイン

ISBN978-4-86641-442-3 C0093
Printed in Japan 2021